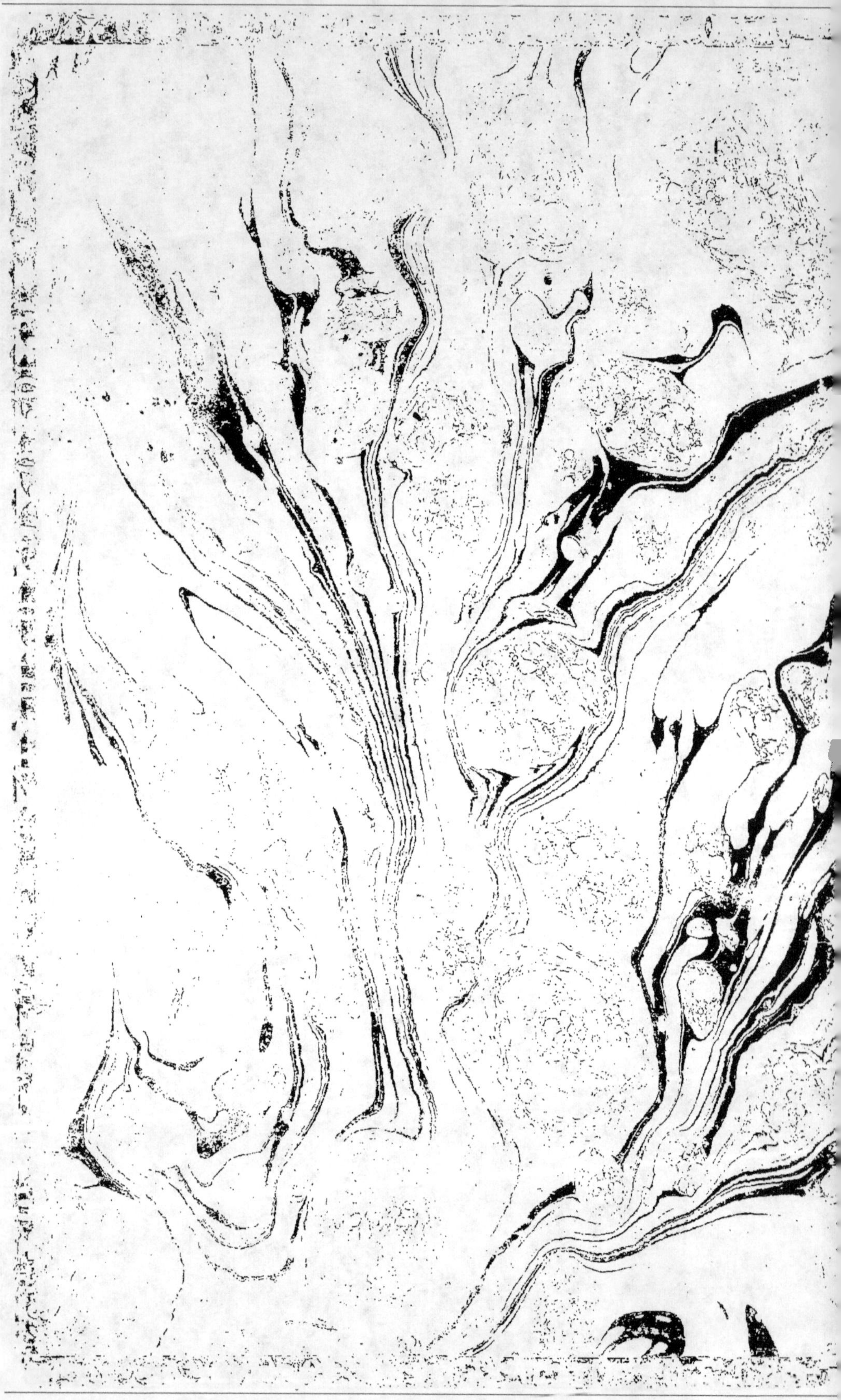

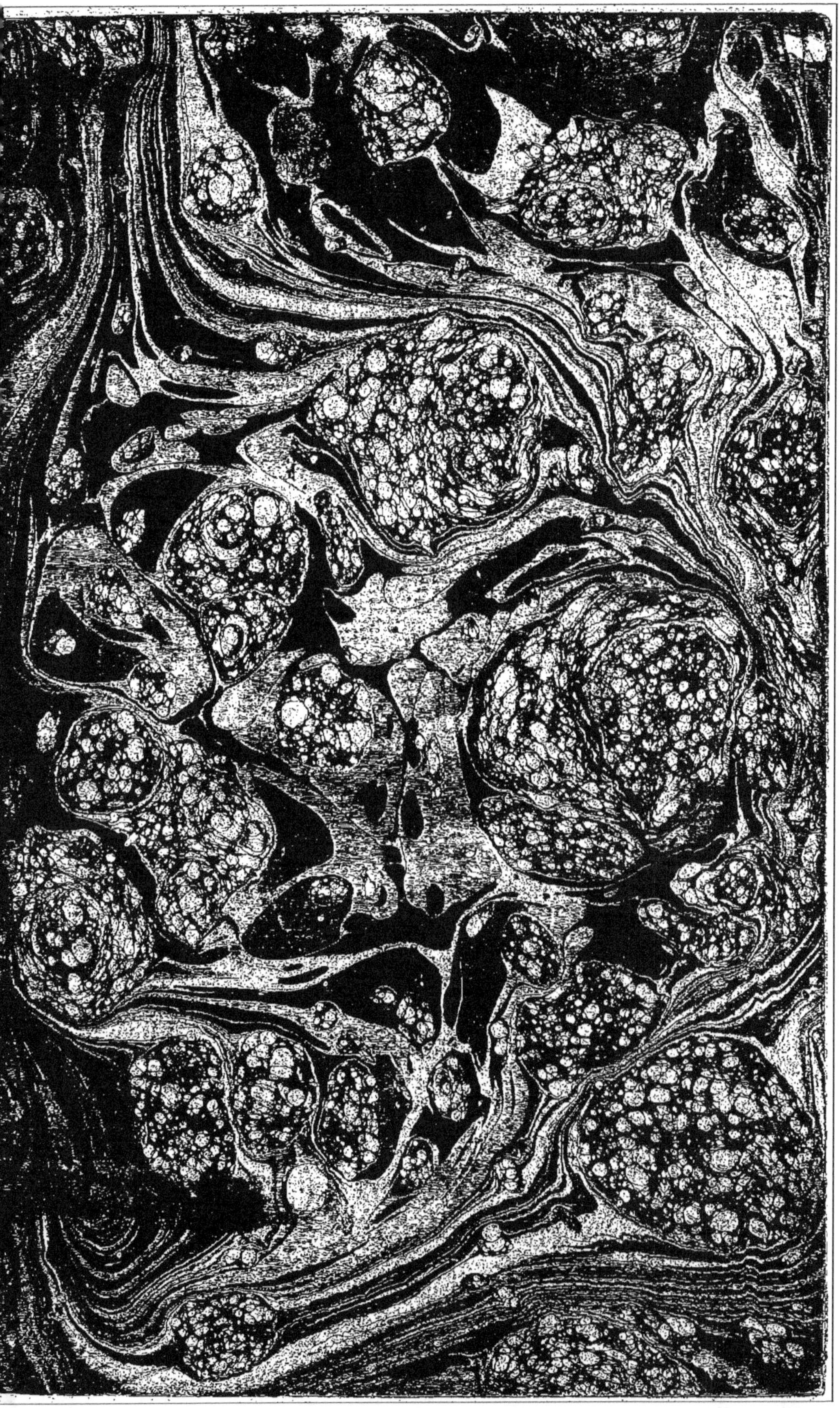

APPENDICE
DU GÉNIE
DU CHRISTIANISME.

APPENDICE

DU GÉNIE

DU CHRISTIANISME.

APPENDICE
DU GÉNIE
DU CHRISTIANISME;

PAR

FRANÇOIS-AUGUSTE CHATEAUBRIAND.

Chose admirable! la religion chrétienne, qui ne semble avoir d'objet que la félicité de l'autre vie, fait encore notre bonheur dans celle-ci.

MONTESQUIEU, *Esprit des Loix*, Liv. XXIV, ch. III.

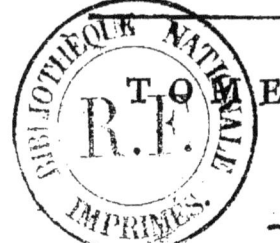

TOME CINQUIÈME.

A PARIS,
CHEZ MIGNERET, IMPRIMEUR,
RUE DU SÉPULCRE, F. S. G. N.° 28.

AN X. — 1802.

TOME CINQUIÈME.

AN XI. — 1803.

APPENDICE
DU GÉNIE
DU CHRISTIANISME,

TOME PREMIER.

I.

Cette Babel des sciences et de la raison. Pag. 8.

L'ENCYCLOPÉDIE est un fort mauvais ouvrage ; mais pour qu'on ne croie pas que ce jugement me soit entièrement dicté par mes opinions, Voici ce que dit lui-même M. de Voltaire :

« J'ai vu par hasard quelques articles de
» ceux qui se font, comme moi, les garçons de
» cette grande boutique ; ce sont, pour la
» plupart, des dissertations sans méthode. On
» vient d'imprimer dans un journal, l'article
» *Femme*, qu'on tourne horriblement en ridi-
» cule. Je ne peux croire que vous ayez souffert
» un tel article dans un ouvrage si sérieux :
» *Chloé presse du genou un petit-maître, et*
» *chiffonne les dentelles d'un autre* ; il semble

» que cet article soit fait pour le laquais de » Gil-Blas.

» J'ai vu *Enthousiasme*, qui est meilleur ; » mais on n'a que faire d'un si long discours, » pour savoir que l'enthousiasme doit être » gouverné par la raison. Le lecteur veut savoir » d'où vient ce mot, pourquoi les anciens le » consacrèrent à la divination, à la poésie, à » l'éloquence, au zèle de la superstition ; le » lecteur veut des exemples de ce transport » secret de l'ame, appelé enthousiasme ; en- » suite il est permis de dire que la raison qui » préside à tout, doit aussi conduire ce trans- » port. Enfin, je ne voudrois dans votre *dic-* » *tionnaire*, que vérité et méthode. Je ne me » soucie pas qu'on me donne son avis particu- » lier sur la *comédie* ; je veux qu'on m'en » apprenne la naissance et les progrès chez » chaque nation. Voilà ce qui plaît, voilà ce » qui instruit ; on ne lit point ces petites décla- » mations dans lesquelles un auteur ne donne » que ses propres idées, qui ne sont qu'un » sujet de dispute. »

Correspondance de Voltaire et de d'Alembert, vol. 1.er, *pag.* 19, *éd. in*-8. *de Beaumarchais.*

Pag. 25. « Vous m'encouragez à vous repré- » senter en général qu'on se plaint de la longueur » des dissertations vagues et sans méthode, que

» plusieurs personnes vous fournissent pour
» se faire valoir ; il faut songer à l'ouvrage et
» non à soi. Pourquoi n'avez-vous pas recom-
» mandé une espèce de protocole à ceux qui
» vous servent, étymologies, définitions,
» exemples, raisons, clarté et briéveté? Je
» n'ai vu qu'une douzaine d'articles; mais je
» n'y ai rien trouvé de tout cela. . . . .
» . . . . »

Pag. 62. « Je cherche dans les articles dont
» vous me chargez, à ne rien dire que de néces-
» saire, et je ne crains de n'en pas dire assez;
» d'un autre côté, je crains de tomber dans la dé-
» clamation. Il me paroît qu'on vous a donné
» plusieurs articles remplis de ce défaut; il
» me revient toujours qu'on s'en plaint beau-
» coup; le lecteur ne veut qu'être instruit, et
» il ne l'est point du tout par les dissertations
» vagues et puériles, qui, pour la plupart,
» renferment des paradoxes, des idées hasar-
» dées, dont le contraire est souvent vrai; des
» phrases ampoulées, des exclamations qu'on
» siffleroit dans une académie de province. »

I I.

Soit qu'on recherche les vestiges de ce dogme, (la Trinité) *répandu dans le vieil Orient.* . . . . Pag. 18.

Pour ne plus revenir sur les anciennes traditions de l'Ecriture, dispersées par toute la terre, telles que celles de la Trinité, de l'Incarnation, de la Chûte de l'homme, du Déluge, de la Résurrection des morts, etc. etc., je les réunirai toutes ici.

Trinité.

La Trinité fut connue des Egyptiens, comme on le voyoit par l'inscription grecque du grand obélisque du cirque majeur, à Rome :

Μέγας Θεὸς, *le grand Dieu ;* θεογεννητὸς, *l'Engendré de Dieu ;* et παμφεγγὴς, *le Tout brillant,* (Apollon, l'Esprit.)

Héraclide, de Pont et Porphyre, rapportent un fameux oracle de Séraphis :

Πρῶτα Θεος, μετέπειτα λόγος, καὶ πνεῦμα σὺν αὐτοῖς·
Σύμφυτα δὴ τρία πάντα, καὶ εἰς ἓν ἰόντα.

Les Mages avoient la Trinité dans leurs Oromasis, Mitris et Araminis, ou Oromase, Mitra et Arimane.

Platon semble parler de ce dogme dans plusieurs endroits de ses ouvrages.

Non-seulement, dit Dacier, on prétend qu'il a connu le Verbe, fils éternel de Dieu; on soutient même qu'il a connu le Saint-Esprit, et qu'ainsi il a eu quelque idée de la très-sainte Trinité, car il écrit au jeune Denys :

« *Il faut que je déclare à Archédémus ce* » *qui est beaucoup plus précieux et plus divin,* » *et que vous avez grande envie de savoir,* » *puisque vous me l'avez envoyé exprès;* » *car, selon ce qu'il m'a dit, vous ne croyez* » *pas que je vous aie suffisamment expliqué* » *ce que je pense sur la nature du premier* » *principe; il faut vous l'écrire par énigmes,* » *afin que si ma lettre est interceptée sur terre* » *ou sur mer, celui qui la lira n'y puisse rien* » *comprendre. Toutes choses sont autour de* » *leur roi; elles sont à cause de lui, et il est* » *seul la cause des bonnes choses; second* » *pour les secondes, et troisième pour les* » *troisièmes* » (1).

« Dans *l'Epinonies* et ailleurs, il établit » pour principes le premier bien, le Verbe ou » l'entendement, et l'ame. Le premier bien, » c'est Dieu. . . . .; le Verbe, ou

(1) Dacier cite le tom. III, lett. II, pag. 312, apparemment du Platon de Serranus; mais tous les Platon de Serranus et de Ficin de la Bibliothèque nationale, ne donnent ni le même tome, ni la même page, ni la même lettre.

» l'entendement, c'est le fils de ce premier bien » qui l'a engendré semblable à lui ; et l'ame, » qui est le terme entre le père et le fils, c'est » le Saint-Esprit. » (*Les œuvres de Plat. trad. par Dacier*, tom. I, pag. 194.)

Platon avoit emprunté cette doctrine de la Trinité, de Timée de Locres, qui la tenoit lui-même de l'école italique. Marsile Ficin, dans une de ses remarques sur Platon, montre d'après Sambique, Porphyre, Platon et Maxime de Tyr, que les Pythagoriciens connaissoient aussi l'excellence du tonnerre. Pythagore l'a même indiqué dans ce symbole :

Προτίμα το χῆμα, καὶ βημα καὶ Τριόπολον.

Honorato in primis habitum, tribunal et Triobolum.

Aux Indes, la Trinité est connue.

« Ce que j'ai vu de plus marqué et de plus » étonnant dans ce genre, dit le père Calmette, » (*Lett. Edif.* tom. XIV, pag. 9.) c'est un » texte tiré de Lamaastambam, l'un de leurs » livres... Il commence ainsi : Le Seigneur, » le bien, le grand Dieu, dans sa bouche est la » parole. (Le terme dont ils se servent la per- » sonnifie.) Il parle ensuite du Saint-Esprit, en » ces termes : *Ventus seu spiritus perfectus*, » et finit par la création, en l'attribuant à un » seul Dieu. »

Au Thibet.

Voici ce que j'appris de la religion du Thibet : « Ils appellent Dieu Konciosa, et » ils semblent avoir quelque idée de l'adorable » Trinité ; car tantôt ils le nomment Koncikocik, Dieu-un, et tantôt Koncioksum, Dieu-» trin. Ils se servent d'une espèce de chapelet » sur lequel ils prononcent ces paroles : *Om*, » *ha*, *hum*. Lorsqu'on leur en demande l'ex-» plication, ils répondent que *om* signifie » intelligence ou bras, c'est-à-dire, puissance ; » que *ha* est la parole ; que *hum* est le cœur ou » l'amour, et que ces trois mots signifient » Dieu. » (*Lett. Edif. tom. XII, pag. 437*).

Les missionnaires Anglois à Otaïti, ont trouvé quelques traces de la Trinité, parmi les dogmes religieux des habitans de cette île. Je ne puis citer le passage, n'ayant plus la relation du voyage.

Résurrection.

Les Egyptiens espéroient revivre après avoir passé mille ans dans la tombe. (*Hérodot. et Diodort. Sicul.*)

Les vers Sibyllins cités par Bocchus, (*in Solin.*, ch. 8.) Lactance, (*lib. VII, cap. 29 : lib. IV, cap. 15, 18 et 19.*) Eusèbe, parlent de la résurrection des corps, du jugement dernier, etc.

Καὶ τότ' ἀναστήσω νεκροὺς μοῖ καὶ ἀναλύσας.

Et ailleurs,

Αὐτὸς ὁ παντοκράτωρ ὅτ' ἂν ἔλθῃ βήματι κρῖναι,
Ζώων καὶ νεκύων ψυχὰς, καὶ κόσμον ἅπαντα.

Pline, en se moquant de Démocrite, nous apprend quelle étoit l'opinion de ce philosophe, touchant une résurrection. *Similis et de asservandis corporibus hominum, ac reviviscendis promissa a Democrito vanitas, qui non vixit ipse.* (Lib. VII, cap. 55.)

La résurrection est clairement exprimée dans ces beaux vers de Phocylide, sur les cendres des morts.

Οὐ καλὸν ἁρμονίην ἀναλυέμεν ἀνθρώποιο, etc.

. . . .
. . . .

Virgile parle obscurément du dogme de la résurrection, dans son sixième livre de l'Enéide.

Les vérités de l'Écriture se retrouvent jusques chez les sauvages du Nouveau-Monde.

« Vous avez pu voir, dans la fable d'Atahentsic chassée du ciel, quelques vestiges de l'histoire de la première femme exilée du paradis terrestre, en punition de sa désobéissance, et la tradition du déluge, aussi bien que l'arche dans laquelle Noé se sauva avec sa famille. Cette circonstance m'empêche d'adhérer au sentiment du P. de Acosta, qui prétend que cette tradition ne regarde pas le déluge universel, mais un déluge particulier à l'Amérique. En effet, les Algonquins et presque tous les peuples, qui parlent leur langue, supposant la création du premier homme, disent que sa postérité ayant péri presque toute entière par une inondation générale, un nommé *Messou*, d'autres l'appellent *Saketchak*, qui vit toute la terre abîmée sous les eaux par le débordement d'un lac, envoya un corbeau au fond de cet abîme pour lui en rapporter de la terre : que ce corbeau ayant mal fait sa commission, il y envoya un rat musqué, qui réussit mieux ; que de ce peu de terre que l'animal lui avoit apporté, il rétablit le monde dans son premier état : qu'il tira des flèches contre les troncs des arbres, qui paroissoient encore, et que ses flèches se changèrent en branches : qu'il fit plusieurs autres merveilles, et que par reconnoissance du service que lui avoit rendu le rat musqué, il épousa une femelle de son espèce, dont il eut des enfans qui repeuplèrent le monde : qu'il avoit communiqué son immortalité à un certain sauvage, et la lui avoit donnée dans un petit paquet, en lui défendant de ne le point ouvrir, sous peine de perdre un don si précieux. »

Enfin le père Bouchet, dans sa lettre à l'évêque d'Avranches, donne les détails les plus curieux sur les rapports des fables indiennes avec les principales vérités de notre religion, et les traditions de l'Ecriture : les mémoires de la société Angloise de Calcuta, maintenant sous presse, confirment à la lettre tout ce que dit ici le savant missionnaire François.

« La plupart des Indiens assurent que ce grand nombre de divinités qu'ils adorent aujourd'hui, ne sont que des dieux subalternes et soumis au souverain Être, qui est également le seigneur des dieux et des hommes. Ce grand Dieu, disent-ils, est infiniment élevé au-dessus de tous les êtres ; et cette distance infinie empêchoit qu'il eût aucun commerce avec de foibles créatures. Quelle proportion en effet, continuent-ils, entre un être infiniment parfait et des êtres créés, remplis, comme nous, d'imperfections et de foiblesses? C'est pour cela même, selon eux, que *Parabaravastou*, c'est-à-dire, *le Dieu suprême*, a créé trois dieux inférieurs ; savoir : *Bruma*, *Vichnou* et *Routren*. Il a donné au premier la puissance de créer ; au second, le pouvoir de conserver ; et au troisième, le droit de détruire. »

« Mais ces trois dieux, qu'adorent les Indiens, sont, au sentiment de leurs savans, les enfans d'une femme qu'ils appellent *Parachatti*, c'est-à-dire, *la puissance suprême*. Si l'on réduisoit cette fable à ce qu'elle étoit dans son origine, on y découvriroit aisément la vérité, toute obscurcie qu'elle est par les idées ridicules que l'esprit de mensonge y a ajoutées. »

« Les premiers Indiens ne vouloient dire autre chose, sinon que tout ce qui se fait soit dans le monde, soit par la création qu'ils attribuent à *Bruma*, soit par la conservation qui est le partage de *Vichnou*, soit enfin par les différens changemens qui sont l'ouvrage de *Routren*, vient uniquement de la puissance absolue du *Parabaravastou*, ou du Dieu suprême. Ces esprits charnels ont fait ensuite une femme de leur *Parachatti*, et lui ont donné trois enfans, qui ne sont que les principaux effets de la toute-puissance. En effet, *Chatti*, en langue indienne, signifie puissance, et *Para*, suprême ou absolue. »

« Cette idée, qu'ont les Indiens d'un être infiniment supérieur aux autres divinités, marque au moins que leurs anciens n'adoroient effectivement qu'un Dieu, et que le *Polythéisme* ne s'est introduit parmi eux, que de la manière dont il s'est répandu dans tous les pays idolâtres. »

Je ne prétends pas, Monseigneur, que cette première connoissance prouve d'une manière bien évidente le commerce des Indiens avec les Egyptiens, ou avec les Juifs. Je sais que sans un tel secours, l'auteur de la nature a gravé cette vérité fondamentale dans l'esprit de tous les hommes, et qu'elle ne s'altère chez eux que par le dérèglement et la corruption de leur cœur. C'est pour la même raison que je ne vous dis rien de ce que les Indiens ont pensé sur l'immortalité de nos ames, et sur plusieurs autres vérités semblables. »

« Je m'imagine cependant que vous ne serez pas fâché de savoir comment nos Indiens trouvent expliquée, dans leurs auteurs, la ressemblance de l'homme avec le souverain Être. Voici ce qu'un savant Brame m'a assuré avoir tiré, sur ce sujet, d'un de leurs plus anciens livres. Imaginez-vous, dit cet auteur, un million de grands vases tous remplis d'eau sur lesquels le soleil répand les rayons de sa lumière : ce bel astre, quoique unique, se multiplie en quelque sorte et se peint tout entier, en un moment, dans chacun de ces vases; on en voit par-tout une image très-ressemblante. Nos corps sont ces vases remplis d'eau : le soleil est la figure du souverain Être; et l'image du soleil, peinte dans chacun de ces vases, nous représente assez naturellement notre ame créée à la ressemblance de Dieu même. »

« Je passe, Monseigneur, à quelques traits plus marqués et plus propres à satisfaire un discernement aussi exquis que le vôtre : trouvez bon que je vous raconte ici simplement les choses telles que je les ai apprises ; il me seroit fort inutile, en écrivant à un aussi savant prélat que vous, d'y mêler mes réflexions particulières. »

« Les Indiens, comme j'ai eu l'honneur de vous le dire, croient que *Bruma* est celui des trois dieux subalternes, qui a reçu du Dieu suprême la puissance de créer. Ce fut donc *Bruma* qui créa le premier homme : mais ce qui fait à mon sujet, c'est que *Bruma* forma l'homme du limon de la terre encore toute récente; il eut à la vérité quelque peine à finir son ouvrage; il y revint à plusieurs fois, et ce ne fut qu'à la troisième tentative, que ces mesures se trouvèrent justes. La fable a ajouté cette dernière circonstance à la vérité; et il n'est pas surprenant qu'un dieu du second ordre ait eu besoin d'apprentissage, pour créer l'homme dans la parfaite proportion de toutes les parties où nous le le voyons. Mais si les Indiens s'en étoient tenus à ce que la nature, et probablement le commerce des Juifs leur avoient enseigné de l'unité de Dieu, ils se seroient aussi contentés de ce qu'ils avoient appris par la même voie de la création de l'homme : ils se seroient bornés à dire, comme ils font après l'Ecriture sainte, que l'homme fut formé du limon de la terre toute nouvellement sortie des mains du Créateur. »

« Ce n'est pas tout, Monseigneur; l'homme une fois créé par *Bruma*, avec la peine dont je vous ai parlé, le nouveau créateur fut d'autant plus charmé de sa créature, qu'elle lui avoit plus coûté à perfectionner. Il s'agit maintenant de la placer dans une habitation digne d'elle. »

« L'Ecriture est magnifique dans la description qu'elle nous fait du paradis terrestre. Les Indiens ne le sont guères moins dans les peintures qu'ils nous tracent de leur *Chorcam*; c'est, selon eux, un jardin de délices où tous les fruits se trouvent en abondance: on y voit même un arbre dont les fruits communiqueroient l'immortalité, s'il étoit permis d'en manger. Il seroit bien étrange que des gens qui n'auroient jamais entendu parler du paradis terrestre, en eussent fait, sans le savoir, une peinture si ressemblante. »

« Ce qu'il y a de merveilleux, Monseigneur, c'est que les dieux inférieurs, qui, dès la création du monde se multiplièrent à l'infini, n'avoient pas, ou du moins n'étoient pas sûrs d'avoir le privilège de l'immortalité, dont ils se seroient cependant fort accommodés. Voici une histoire que les Indiens racontent à cette occasion. Cette histoire, toute fabuleuse qu'elle est, n'a point assurément d'autre origine que la doctrine des Hébreux, et peut-être même celle des chrétiens ».

« Les dieux, disent nos Indiens, tentèrent toutes sortes de voies pour parvenir à l'immortalité. A force de chercher, ils s'avisèrent d'avoir recours à l'arbre de vie qui étoit dans le *Chorçam*. Ce moyen leur réussit, et en mangeant de temps en temps des fruits de cet arbre, ils se conservèrent le précieux trésor qu'ils ont tant d'intérêt de ne pas perdre. Un fameux serpent nommé *Cheien*, s'apperçut que l'arbre de vie avoit été découvert par les dieux du second ordre; comme apparemment on avoit confié à ses soins la garde de cet arbre, il conçut une si grande colère de la surprise qu'on lui avoit faite, qu'il répandit sur-le-champ une grande quantité de poison : toute la terre s'en ressentit, et pas un homme ne devoit échapper aux atteintes de ce poison mortel; mais le dieu *Chiven* eut pitié de la nature humaine; il parut sous la forme d'un homme, et avala sans façon tout le venin dont le malicieux serpent avoit infecté l'univers. »

« Vous voyez, Monseigneur, qu'à mesure que nous avançons, les choses s'éclaircissent toujours un peu. Ayez la patience d'écouter une nouvelle fable que je vais vous raconter; car certainement je me tromperois si je m'engageois à vous dire quelque chose de plus sérieux; vous n'aurez pas de peine à y démêler l'histoire du déluge, et les principales circonstances que nous en rapporte l'Ecriture. »

« Le Dieu *Routren*, (c'est le grand destructeur des êtres créés) prit un jour la résolution de noyer tous les hommes, dont il prétendoit avoir lieu de n'être pas content. Son dessein ne put être si secret, qu'il ne fut pressenti par *Vichnou*, conservateur des créatures. Vous verrez, Monseigneur, qu'elles lui eurent, dans cette rencontre, une obligation bien essentielle. Il découvrit donc précisément le jour auquel le déluge devoit arriver. Son pouvoir ne s'étendoit pas jusqu'à suspendre l'exécution des projets du dieu *Routren*; mais aussi sa qualité de dieu conservateur des choses créées, lui donnoit droit d'en empêcher, s'il y avoit moyen, l'effet le plus pernicieux; et voici la manière dont il s'y prit. »

« Il apparut un jour à *Sattiavarti* son grand confident, et l'avertit en secret qu'il y auroit bientôt un déluge universel, que la terre seroit inondée, et que *Routren* ne prétendoit rien moins que d'y faire périr tous les hommes et tous les animaux; il l'assura cependant qu'il n'y avoit rien à craindre pour lui, et qu'en dépit de *Routren*, il trouveroit bien moyen de le conserver et de se ménager à soi-même ce qui lui seroit nécessaire pour repeupler le monde. Son dessein étoit de faire paroître une barque merveilleuse au moment que *Routren* s'y attendroit le moins, d'y enfermer une bonne provision d'au moins huit cent quarante millions d'ames et de semences d'êtres. Il falloit au reste que *Sattiavarti* se trouvât au temps du déluge sur une certaine montagne fort haute, qu'il eut soin de lui faire bien reconnoître. Quelque temps après *Sattiavarti*, comme on le lui avoit prédit, apperçut une multitude infinie de nuages qui s'assembloient : il vit avec tranquillité l'orage se former sur la tête des hommes coupables; il tomba du ciel la plus horrible pluie qu'on vit jamais. Les rivières s'enflèrent et se répandirent avec rapidité sur toute la surface de la terre; la mer franchit ses bornes, et se mêlant avec les fleuves débordés, couvrit en peu de temps les montagnes les plus élevées : arbres, animaux, hommes, villes, royaumes, tout fut submergé; tous les êtres animés périrent et furent détruits. »

« Cependant *Sattiavarti*, avec quelques-uns de ces pénitens, s'étoit retiré sur la montagne; il y attendoit le secours dont le dieu l'avoit assuré; il ne laissa pas d'avoir quelques momens de frayeur. L'eau qui prenoit toujours de nouvelles forces, et qui s'approchoit insensiblement de sa retraite, lui donnoit de temps en temps de terribles alarmes: mais dans l'instant qu'il se croyoit perdu, il vit paroître la barque qui devoit le sauver; il y entra incontinent avec les dévots de sa suite : les huit cent quarante millions d'ames et de semences d'êtres s'y trouvèrent renfermées. »

« La difficulté étoit de conduire la barque et de la soutenir contre l'impétuosité des flots qui étoient dans une furieuse agitation. Le dieu *Vichnou* eut soin d'y pourvoir, car sur-le-champ il se fit poisson, et il se servit de sa queue comme d'un gouvernail pour diriger le vaisseau. Le dieu poisson et pilote fit une manœuvre si habile, que *Sattiavarti* attendit fort en repos dans son asyle, que les eaux s'écoulassent de dessus la face de la terre. »

« La chose est claire, comme vous voyez, Monseigneur, et il ne faut pas être bien pénétrant, pour appercevoir dans ce récit, mêlé de fables et des plus bizarres imaginations, ce que les livres sacrés nous apprennent du déluge, de l'arche et de la conservation de Noé avec sa famille. »

« Nos Indiens n'en sont pas demeurés là ; et après avoir défiguré Noé sous le nom de *Sattiavarti*, ils pourroient bien avoir mis sur le compte de *Bruma* les aventures les plus singulières de l'histoire d'Abraham. En voici quelques traits, Monseigneur, qui me paroissent fort ressemblans. »

« La conformité du nom pourroit d'abord appuyer mes conjectures ; il est visible que de *Bruma* à Abraham il n'y a pas beaucoup de chemin à faire ; et il seroit à souhaiter que nos savans, en matière d'étymologies, n'en eussent point adopté de moins raisonnables et de plus forcées. »

« Ce *Bruma*, dont le nom est si semblable à celui d'Abraham, étoit marié à une femme que tous les Indiens nomment *Sarasvadi*. Vous jugerez, Monseigneur, du poids que le nom de cette femme ajoute à ma première conjecture. Les deux dernières syllabes du mot *Sarasvadi* sont dans la langue indienne une terminaison honorifique ; ainsi *vadi* répond assez bien à notre mot français *madame*. Cette terminaison se trouve dans plusieurs noms de femmes distinguées ; par exemple, dans celui de *Parvadi*, femme de *Routren* ; il est dès-lors évident que les deux premières syllabes du mot *Sarasvadi*, qui font proprement le nom tout entier de la femme de *Bruma*, se réduisent à *Sara*, qui est le nom de *Sara*, femme d'Abraham. »

« Il y a cependant quelque chose de plus singulier ; *Bruma*, chez les Indiens, comme Abraham chez les Juifs, a été le chef de plusieurs *castes* ou tribus différentes. Les deux peuples se rencontrent même fort juste sur le nombre de ces tribus. A *Tichirapali*, où est maintenant le plus fameux temple de l'Inde, on célèbre tous les ans une fête, dans laquelle un vénérable vieillard mène devant soi douze enfans qui représentent, disent les Indiens, les douze chefs des principales castes. Il est vrai que quelques docteurs croient que ce vieillard tient, dans cette cérémonie, la place de *Vichnou ;* mais ce n'est pas l'opinion commune des savans ni du peuple, qui disent communément que *Bruma* est le chef de toutes les tribus. »

« Quoi qu'il en soit, Monseigneur, je ne crois pas que, pour reconnoître dans la doctrine des Indiens celle des anciens Hébreux, il soit nécessaire que tout se rencontre parfaitement conforme de part et d'autre. Les Indiens partagent souvent à différentes personnes, ce que l'Ecriture nous raconte d'une seule, ou bien rassemblent dans une seule ce que l'Ecriture divise dans plusieurs : mais cette différence, bien loin de détruire nos conjectures, doit servir, ce me semble, à les appuyer; et je crois qu'une ressemblance trop affectée, ne seroit bonne qu'à les rendre suspectes. »

« Cela supposé, Monseigneur, je continue à vous raconter ce que les Indiens ont tiré de l'histoire d'Abraham, soit qu'ils l'attribuent à *Bruma*, soit qu'ils en fassent honneur à quelqu'autre de leurs dieux ou de leurs héros. »

« Les Indiens honorent la mémoire d'un de leurs pénitens qui, comme le patriarche Abraham, se mit en devoir de sacrifier son fils à un des dieux du pays. Ce dieu lui avoit demandé cette victime; mais il se contenta de la bonne volonté du père, et ne souffrit pas qu'il en vînt jusqu'à l'exécution. Il y en a pourtant qui disent que l'enfant fut mis à mort, mais que ce dieu le ressuscita. »

« J'ai trouvé une coutume qui m'a surpris, dans une des castes qui sont aux Indes, c'est celle qu'on nomme la caste des voleurs. N'allez pas croire, Monseigneur, que parce qu'il y a parmi ces peuples une tribu entière de voleurs, tous ceux qui font cet honorable métier, soient rassemblés dans un corps particulier, et qu'ils aient pour voler un privilége à l'exclusion de tout autre; cela veut dire seulement que tous les Indiens de cette caste volent effectivement avec une extrême licence; mais par malheur ils ne sont pas les seuls dont il faille se défier. »

« Après cet éclaircissement qui m'a paru nécessaire, je reviens à mon histoire. J'ai donc trouvé que dans cette caste, on regarde la cérémonie de la circoncision, mais elle ne se fait pas dès l'enfance; c'est environ à l'âge de vingt ans; tous même n'y sont pas sujets, et il n'y a que les principaux de la caste qui s'y soumettent : cet usage est fort ancien, et il seroit difficile de découvrir d'où leur est venue cette coutume, au milieu d'un peuple entièrement idolâtre. »

« Vous avez vu, Monseigneur, l'histoire du déluge et de Noé dans *Vichnou* et dans *Sattiavarti ;* celle d'Abraham dans *Bruma* et dans *Vichnou;* vous verrez encore avec plaisir celle de Moyse dans les mêmes dieux, et je suis persuadé que vous la trouverez encore moins altérée que les précédentes. »

« Rien ne me paroît plus ressemblant à Moyse que le *Vichnou* des Indiens, métamorphosé en *Chrichnen;* car d'abord *Chrichnen*, en langue indienne, signifie *Noir;* c'est pour faire entendre que *Chrichnen* est venu d'un pays où les habitans sont de cette couleur; les Indiens ajoutent qu'un des plus proches parens de *Chrichnen* fut exposé, dès son enfance, dans un petit berceau sur une grande rivière, où il fut dans un danger évident de périr : on l'en tira, et comme c'étoit un fort bel enfant, on l'apporta à une grande princesse, qui le fit nourrir avec soin, et qui se chargea ensuite de son éducation. »

« Je ne sais pourquoi les Indiens se sont avisés d'appliquer cet évènement à un des parens de *Chrichnen* plutôt qu'à *Chrichnen* même. Que faire à cela, Monseigneur? il faut bien vous dire les choses telles qu'elles sont, et pour rendre les aventures plus ressemblantes, je n'irai pas vous déguiser la vérité. Ce ne fut donc point *Chrichnen*, mais un de ses parens qui fut élevé au palais d'une grande princesse; en cela la comparaison avec Moyse se trouve défectueuse; voici de quoi réparer un peu ce défaut. »

« Dès que *Chrichnen* fut né, on l'exposa aussi sur un grand fleuve, afin de le soustraire à la colère du roi qui attendoit le moment de sa naissance pour le faire mourir : le fleuve s'entr'ouvrit par respect, et ne voulut pas incommoder de ses eaux un dépôt si précieux; on retira l'enfant de cet endroit périlleux, et il fut élevé parmi des bergers; il se maria dans la suite avec les filles de ces bergers, et il garda long-temps les troupeaux de ses beaux-pères. Il se distingua bientôt parmi tous ses compagnons, qui le choisirent pour leur chef. Il fit alors des choses merveilleuses en faveur des troupeaux et de ceux qui les gardoient; il fit mourir le roi qui leur avoit déclaré une cruelle guerre; il fut poursuivi par ses ennemis, et comme il ne se trouva pas en état de leur résister, il se retira vers la mer; elle lui ouvrit un chemin à travers son sein, dans lequel elle enveloppa ceux qui le poursuivoient : ce fut par ce moyen qu'il échappa aux tourmens qu'on lui préparoit. »

« Qui pourroit douter, après cela, Monseigneur, que les Indiens n'aient connu Moyse, sous le nom de *Vichnou* métamorphosé en *Chrichnen?* Mais à la connoissance de ce fameux conducteur du peuple de Dieu, ils ont joint celle de plusieurs coutumes qu'il a décrites dans ses livres, et plusieurs loix qu'il a publiées, et dont l'observation s'est conservée après lui. »

« Parmi ces coutumes, que les Indiens ne peuvent avoir tirées que des Juifs, et qui persévèrent encore aujourd'hui dans le pays; je compte, Monseigneur, les bains fréquens, les purifications, une horreur extrême pour les cadavres, par l'attouchement desquels ils se croient souillés; l'ordre différent et la distinction des castes, la loi inviolable qui défend les mariages hors de sa tribu ou de sa caste particulière. Je ne finirois point, Monseigneur, si je voulois épuiser ce détail; je m'attache à quelques remarques qui ne sont pas tout-à-fait si communes dans les livres des savans. »

« J'ai connu un Brame très-habile parmi les Indiens, qui m'a raconté l'histoire suivante, dont il ne comprenoit pas lui-même le sens, tandis qu'il est demeuré dans les ténèbres de l'idolâtrie. Les Indiens font un sacrifice nommé *Ekiam*, (c'est le plus célèbre de tous ceux qui se font aux Indes); on y sacrifie un mouton; on y récite une espèce de prière, dans laquelle on dit à haute voix ces paroles : *Quand sera-ce que le Sauveur naîtra? Quand sera-ce que le Rédempteur paroîtra ?* »

« Ce sacrifice d'un mouton, me paroît avoir beaucoup de rapport avec celui de l'agneau Pascal ; car il faut remarquer sur cela, Monseigneur, que comme les Juifs étoient tous obligés de manger leur part de la victime ; aussi les Brames, quoiqu'ils ne puissent manger de viande, sont cependant dispensés de leur abstinence au jour du sacrifice de l'*Ekiam*, et sont obligés par la loi de manger du mouton qu'on immole et que les Brames partagent entr'eux. »

« Plusieurs Indiens adorent le feu : leurs dieux même ont immolé des victimes à cet élément ; il y a un précepte particulier pour le sacrifice d'*Oman*, par lequel il est ordonné de conserver toujours le feu et de ne le laisser jamais éteindre : celui qui assiste à l'*Ekiam*, doit tous les matins et tous les soirs mettre du bois au feu pour l'entretenir. Ce soin scrupuleux répond assez juste au commandement porté dans le Lévitique, c. vj, v. 12 et 13. *Ignis in altari semper ardebit, quem nutriet sacerdos, subjiciens ligna manè per singulos dies*. Les Indiens ont fait quelque chose de plus en considération du feu ; ils se précipitent eux-mêmes au milieu des flammes. Vous jugerez comme moi, Monseigneur, qu'ils auroient beaucoup mieux fait de ne point ajouter cette cruelle cérémonie à ce que les Juifs leur avoient appris sur cette matière. »

« Les Indiens ont encore une fort grande idées des serpens; ils croient que ces animaux ont quelque chose de divin, et que leur vue porte bonheur; ainsi plusieurs adorent les serpens et leur rendent les plus profonds respects : mais ces animaux, peu reconnoissans, ne laissent pas de mordre cruellement leurs adorateurs. Si le serpent d'airain que Moyse montra au peuple de Dieu, et qui guérissoit par sa seule vue, eût été aussi cruel que les serpens animés des Indes, je doute fort que les Juifs eussent jamais été tentés de l'adorer. »

« Ajoutons enfin, Monseigneur, la charité que les Indiens ont pour leurs esclaves : ils les traitent presque comme leurs propres enfans; ils ont grand soin de les bien élever; ils les pourvoient de tout libéralement ; rien ne leur manque, soit pour leur vêtement, soit pour la nourriture; ils les marient, et presque toujours ils leur rendent la liberté. Ne semble-t-il pas que ce soit aux Indiens, comme aux Israëlites, que Moyse ait adressé sur cet article les préceptes que nous lisons dans le Lévitique? »

« Quelle apparence y a-t-il donc, Monseigneur, que les Indiens n'aient pas eu autrefois quelque connoissance de la loi de Moyse?

Ce qu'ils disent encore de leur loi et de *Bruma* leur législateur, détruit, ce me semble, d'une manière évidente, ce qui pourroit rester de doute sur cette matière. »

« *Bruma* a donné la loi aux hommes. C'est ce *Vedam* ou livre de la loi que les Indiens regardent comme infaillible : c'est, selon eux, la pure parole de Dieu dictée par l'*Abadam*, c'est-à-dire, par celui qui ne peut se tromper et qui dit essentiellement la vérité. Le *Vedam* ou la loi des Indiens est divisée en quatre parties : mais au sentiment de plusieurs doctes Indiens, il y en avoit anciennement une cinquième qui a péri par l'injure des temps, et qu'il a été impossible de recouvrer. »

« Les Indiens ont une estime inconcevable pour la loi qu'ils ont reçue de leur *Bruma*. Le profond respect avec lequel ils l'entendent prononcer, le choix des personnes propres à en faire la lecture, les préparatifs qu'on doit y apporter, cent autres circonstances semblables sont parfaitement conformes à ce que nous savons des Juifs, par rapport à la loi sainte, et à Moyse qui la leur a annoncée. »

Le malheur est, Monseigneur, que le respect des Indiens pour leur loi va jusqu'à nous en faire un mystère impénétrable; j'en ai cependant assez appris par quelques docteurs, pour vous faire voir que les livres de la loi du prétendu Bruma, sont une imitation du Pentateuque de Moyse. »

« La première partie du *Vedam*, qu'ils appellent *Irroucouvedam*, traite de la première cause et de la manière dont le monde a été créé. Ce qu'ils m'en ont dit de plus singulier, par rapport à notre sujet, c'est qu'au commencement il n'y avoit que Dieu et l'eau, et que Dieu étoit porté sur les eaux. La ressemblance de ce trait avec le premier chapitre de la Genèse, n'est pas difficile à remarquer. »

« J'ai appris de plusieurs Brames, que dans le troisième livre qu'ils nomment *Samavedam*, il y a quantité de préceptes de morale. Cet enseignement m'a paru avoir beaucoup de rapport avec les préceptes moraux répandus dans l'Exode. »

« Le quatrième livre, qu'ils appellent *Adaranavedam*, contient les différens sacrifices qu'on doit offrir, les qualités requises dans les victimes, la manière de bâtir les temples, et les diverses fêtes que l'on doit célébrer. Ce peut être là, sans trop deviner, une idée prise sur les livres du Lévitique et du Deutéronome. »

« Enfin, Monseigneur, de peur qu'il ne manque quelque chose au parallèle, comme ce fut sur la fameuse montagne de Sinaï que Moyse reçut la loi; ce fut aussi sur la célèbre montagne de *Mahamerou*, que *Bruma* se trouva avec le Vedam des Indiens. Cette montagne des Indes est celle que les Grecs ont appelée *Meros*, où ils disent que Bacchus est né, et qui a été le séjour des dieux. Les Indiens disent encore aujourd'hui que cette montagne est l'endroit où sont placés leurs *Chorchams* ou les différens paradis qu'ils reconnoissent. »

« N'est-il pas juste, Monseigneur, qu'après avoir parlé assez long-temps de Moyse et de la loi, nous disions aussi quelques mots de Marie, sœur de ce grand prophète? Je me trompe beaucoup, ou son histoire n'a pas été tout-à-fait inconnue à nos Indiens. »

« L'Ecriture nous dit de Marie, qu'après le passage miraculeux de la mer Rouge, elle assembla les femmes Israélites; elle prit des instrumens de musique, et se mit à danser avec ses compagnes et à chanter les louanges du Tout-puissant. Voici un trait assez semblable que les Indiens racontent de leur fameuse *Lakeoumi*. Cette femme, aussi bien que Marie, sœur de Moyse, sortit de la mer par une espèce de miracle. Elle ne fut pas plutôt échappée au danger où elle avoit été de périr, qu'elle fit un bal magnifique, dans lequel tous les dieux et toutes les déesses dansèrent au son des instrumens. »

« Il me seroit aisé, Monseigneur, en quittant les livres de Moyse, de parcourir les autres livres historiques de l'Ecriture, et de trouver, dans la tradition de nos Indiens, de quoi continuer ma comparaison ; mais je craindrois qu'une trop grande exactitude ne vous fatiguât ; je me contenterai de vous raconter encore une ou deux histoires qui m'ont le plus frappé, et qui font le plus à mon sujet. »

« La première qui se présente à moi, est celle que les Indiens débitent sous le nom d'*Arichandiren*. C'est un roi de l'Inde, fort ancien, et qui au nom et à quelques circonstances près, est, à le bien prendre, le Job de l'Ecriture. »

« Les dieux se réunirent un jour dans leur *Chorcham*, ou, si nous l'aimons mieux, dans le paradis des délices. *Devendiren*, le dieu de la gloire, présidoit à cette illustre assemblée : il s'y trouva une foule de dieux et de déesses ; les plus fameux pénitens y eurent aussi leur place, et sur-tout les sept principaux anachorètes. »

« Après quelques discours indifférens, on proposa cette question : si parmi les hommes il se trouve un prince sans défaut? Presque tous soutinrent qu'il n'y en avoit pas un seul qui ne fût sujet à de grands vices ; et *Vichouvamoutren* se mit à la tête de ce parti ; mais le célèbre *Vachichten* prit un sentiment contraire, et soutint fortement que le roi *Arichandiren*, son disciple, étoit un prince parfait. *Vichouva-moutren*, qui, du génie impérieux dont il est, n'aime pas à se voir contredit, se mit en grande colère, et assura les dieux qu'il saurait bien leur faire connoître les défauts de ce prétendu prince parfait, si on vouloit le lui abandonner. »

« Le défi fut accepté par *Vachichten*; et l'on convint que celui des deux qui auroit le dessous, céderoit à l'autre tous les mérites qu'il avoit pu acquérir par une longue pénitence. Le pauvre roi *Arichandiren* fut la victime de cette dispute. *Vichouva-moutren* le mit à toutes sortes d'épreuves; il le réduisit à la plus extrême pauvreté; il le dépouilla de son royaume; il fit périr le seul fils qu'il eut, il lui enleva sa femme *Chandirandi*. »

« Malgré tant de disgraces, le prince se soutint toujours dans la pratique de la vertu avec une égalité d'ame dont n'auroient pas été capables les dieux mêmes qui l'éprouvoient avec si peu de ménagement; aussi l'en récompensèrent-ils avec la plus grande magnificence. Les dieux l'embrassèrent l'un après l'autre; il n'y eut pas jusqu'aux déesses qui lui firent leurs complimens. On lui rendit sa femme et on ressuscita son fils. Ainsi *Vichouva-moutren* céda, suivant la convention, tous ses mérites à *Vachichten*, qui en fit présent au roi *Arichandiren*; et le vaincu alla, fort à regret, recommencer une longue pénitence, pour faire, s'il y avoit moyen, bonne provision de nouveaux mérites. »

« La seconde histoire qui me reste à vous raconter, Monseigneur, a quelque chose de plus funeste, et ressemble encore mieux à un trait de l'histoire de Samson, que la fable d'*Arichandiren* ne ressemble à l'histoire de Job. »

« Les Indiens assurent donc que leur dieu *Ramen* entreprit un jour de conquérir Ceilan; et voici le stratagême dont ce conquérant, tout dieu qu'il étoit, jugea à propos de se servir : il leva une armée de singes, et leur donna pour général un singe distingué, qu'ils nomment *Anouman* : il lui fit envelopper la queue de plusieurs pièces de toile, sur lesquelles on versa de grands vases d'huile : on y mit le feu, et ce singe courant par les campagnes au milieu des bleds, des bois, des bourgades et des villes, porta l'incendie partout; il brûla tout ce qui se trouva sur sa route, et réduisit en cendre l'île presque toute entière. Après une telle expédition, la conquête n'en devoit pas être fort difficile, et il n'étoit pas nécessaire d'être un dieu bien puissant pour en venir à bout. »

« Je me suis peut-être trop arrêté, Monseigneur, sur la conformité de la doctrine des Indiens avec celle du peuple de Dieu; j'en serai quitte pour abréger un peu ce qui me resteroit à vous dire sur un second point que j'étois résolu de soumettre, comme le premier, à vos lumières et à votre pénétration ; je me bornerai à quelques réflexions assez courtes, qui me persuadent que les Indiens les plus avancés dans les terres ont eu, dès les premiers temps de l'église, la connoissance de la religion chrétienne ; et qu'eux, aussi bien que les habitans de la côte, ont reçu les instructions de S. Thomas et des premiers disciples des apôtres. »

« Je commence par l'idée confuse, que les Indiens conservent encore de l'adorable Trinité, qui leur fut autrefois prêchée. Je vous ai parlé, Monseigneur, des trois principaux dieux des Indiens, *Bruma*, *Vichnou* et *Routren*. La plupart des Gentils disent, à la vérité, que ce sont trois divinités différentes, et effectivement séparées. Mais plusieurs *Nianigueuls*, ou hommes spirituels, assurent que ces trois dieux séparés en apparence, ne font réellement qu'un seul dieu. Que ce dieu s'appelle *Bruma*, lorsqu'il crée et qu'il exerce sa toute-puissance ; qu'il s'appelle *Vichnou*, lorsqu'il conserve les êtres créés, et qu'il donne des marques de sa bonté ; et qu'enfin il prend le nom de *Routren*, lorsqu'il détruit les villes, qu'il châtie les coupables, et qu'il fait sentir les effets de sa juste colère. »

« Il n'y a que quelques années qu'un Brame expliquoit ainsi ce qu'il concevoit de la fabuleuse Trinité des payens. Il faut, disoit-il, se représenter Dieu et ses trois noms différens qui répondent à ses trois principaux attributs, à-peu-près sous l'idée de ces pyramides triangulaires qu'on voit élevées devant la porte de quelques temples. »

« Vous jugez bien, Monseigneur, que je ne prétends pas vous dire que cette imagination des Indiens réponde fort juste à la vérité que les chrétiens reconnoissent ; mais au moins fait-elle comprendre qu'ils ont eu autrefois des lumières plus pures, et qu'elles se sont obscurcies par la difficulté que renferme un mystère si fort au-dessus de la foible raison des hommes. »

« Les fables ont encore plus de part dans ce qui regarde le mystère de l'Incarnation ; mais du reste, tous les Indiens conviennent que dieu s'est incarné plusieurs fois. Presque tous s'accordent à attribuer ces incarnations à *Vichnou*, le second dieu de leur trinité. Et jamais ce dieu ne s'est incarné, selon eux, qu'en qualité de sauveur et de libérateur des hommes. »

« J'abrège, comme vous le voyez, Monseigneur, autant qu'il m'est possible, et je passe à ce qui regarde nos sacremens. Les Indiens disent, que le bain pris dans certaines rivières, efface entièrement les péchés, et que cette eau mystérieuse lave non-seulement les corps, mais purifie aussi les ames d'une manière admirable. Ne seroit-ce point là un reste de l'idée qu'on leur auroit donnée du saint baptême ?

« Je n'avois rien remarqué sur la divine Eucharistie; mais un Brame converti me fit faire attention, il y a quelques années, à une circonstance assez considérable pour avoir ici sa place. Les restes des sacrifices, et le riz qu'on distribue à manger dans les temples, conserve chez les Indiens le nom de *Prajadam*. Ce mot Indien signifie en notre langue *divine grâce*; et c'est ce que nous exprimons par le terme grec *Eucharistie*. »

« Il y quelque chose de plus marqué sur la confession; et je crois, Monseigneur, devoir y donner un peu plus d'étendue. »

« C'est une epèce de maxime parmi les Indiens, que celui qui confessera son péché, en recevra le pardon. *Cheida param chounal Tiroum*. Ils célèbrent une fête tous les ans, pendant laquelle ils vont se confesser sur le bord d'une rivière, afin que leurs péchés soient entièrement effacés. Dans le fameux sacrifice *Ekiam*, la femme de celui qui y préside, est obligée de se confesser, de descendre dans le détail des fautes les plus humiliantes, et de déclarer jusqu'au nombre de ses péchés. »

III.

Tous les hommes, les philosophes même ont regardé le sacrement de pénitence comme une des plus fortes barrières contre le vice. (p. 45.)

« Que de restitutions, de réparations, la confession ne fait-elle point faire chez les catholiques! Chez nous, combien les approches des temps de communion n'opèrent-elles point de réconciliations et d'aumônes? » (*Emile*, t. III, p. 201, dans la note.)

« La confession est une chose très-excellente, un frein au crime inventé dans l'antiquité la plus reculée : on se confessoit dans la célébration de tous les anciens mystères ; nous avons imité et sanctifié cette sage coutume : elle est très-bonne, pour engager les cœurs ulcérés de haine à pardonner. »(Volt., *Quest. encyclop.*, t. III, p. 234, art. *Curé de campagne*, sect. 2.

IV.

Ecoute, ô toi Israël, moi Jéhovah, TES DIEUX. . . . . (p. 142.)

La Polyglotte d'Antoine Vitré donne, Vulgate :

Ego sum Dominus Deus tuus.

Septante :

Εγὼ ειμι κυριος ὁ Θεος σου.

Latin du texte Chaldaïque :

Ego Dominus Deus.

La Polyglotte de Walton porte,

Vulgate et Septante comme ci-dessus.

Latin de la version Syriaque :

Ego sum Dominus Deus tuus.

Version latine interlignée sur l'Hébreu.

Et Ægypti terra, et te aduxi, qui tuus Deus Dominus ego.

Latin de l'Hébreux Samaritain :

Ego Dominus Deus tuus.

Latin de la version Arabe :

Ego sum Deus Dominus.

V.

On a dit que la chronologie est le flambeau de l'histoire. . . . . Page 132.

« La chronologie n'est qu'un amas de vessies remplies de vent ; tous ceux qui ont cru y marcher sur un terrein solide, sont tombés. Nous avons aujourd'hui quatre-vingts systêmes, dont il n'y a pas un de vrai. »

« Les Babyloniens disoient : Nous comptons 473,000 années d'observations célestes. Vient un Parisien qui leur dit, votre compte est juste, vos années étoient d'un jour solaire, elles reviennent à 1,297 des nôtres, depuis Atlas roi d'Afrique, grand astronome, jusqu'à l'arrivée d'Alexandre à Babylone. » . . . . . .

. . . .

« Il falloit seulement que ce nouveau venu de Paris, dît aux Chaldéens : Vous êtes des exagérateurs, et nos ancêtres des ignorans; les nations sont sujettes à trop de révolutions pour conserver des quatre mille sept cent trente-six siècles, de calculs astronomiques; et quant au roi des Maures Atlas, personne ne sait en quel temps il a vécu. Pythagore avoit autant de raison de prétendre avoir été coq, que vous de vous vanter de l'art d'observation. » (*Voltaire, Quest. Encyclop. tom. 3, pag. 59, artic. Chronolog.*)

VI.

On a découvert depuis quelques années, dans l'Amérique-Septentrionale, des monumens extraordinaires. . . . . p. 143.

Il est clair d'abord, et pour mille raisons, qu'on ne peut attribuer aux Sauvages actuels de l'Amérique, les ouvrages des rives du Scioto. En outre, toutes les peuplades racontent uniformément, que quand leurs aïeux arrivèrent dans l'Ouest, pour s'établir dans la solitude, ils y trouvèrent les ruines telles que nous les voyons aujourd'hui.

Seroient-ce des monumens Mexicains? Mais on n'a rien trouvé de semblable au Mexique, ni même au Pérou; mais ces monumens paroissent avoir exigé le fer, et des arts plus avancés qu'ils ne l'étoient dans les deux empires du Nouveau-Monde; enfin, la domination de Montézume ne s'étendoit pas si loin à l'Orient, puisque quand les Natchez et les Chicassas quittèrent le Nouveau-Mexique, vers le commencement du seizième siècle, ils ne rencontrèrent sur les bords de *Meschaçebé* (1), que des hordes vagabondes et libres.

On a voulu donner ces espèces de fortifications à Ferdinand de Soto. Quelle apparence que cet Espagnol, suivi d'une poignée d'aventuriers, et qui n'a passé que trois ans dans les Florides, ait jamais eu assez de bras et de loisir, pour élever ces énormes ouvrages? D'ailleurs, la forme des tombeaux, et même de plusieurs parties des ruines, contredisent les mœurs et les arts européens. Ensuite c'est un fait certain, que le conquérant de la Floride n'a pas pénétré plus avant que Chatta-

(1) *Père Barbu des Fleuves*, vrai nom du Mississippi ou Méchassippi. On peut voir sur ce que nous disons ici, Duprat, Charlevoix, etc. et les derniers voyageurs en Amérique, tels que Bertram, Imley, etc.

Nous parlons aussi d'après ce que nous avons appris nous-mêmes sur les lieux.

fallai, village des Chicassas, sur l'une des branches de la Maubile. Enfin, ces monumens prennent leurs racines dans des jours beaucoup plus reculés que ceux où l'on a découvert l'Amérique. Nous avons vu sur ces ruines un chêne décrépit, qui avoit poussé sur les débris d'un autre chêne tombé à ses pieds, et dont il ne restoit plus que l'écorce ; celui-ci à son tour s'étoit élevé sur un troisième, et ce troisième sur un quatrième. L'emplacement des deux derniers se marquoit encore par l'intersection de deux cercles, d'un aubier rouge et pétrifié, qu'on découvroit à fleur-de-terre, en écartant un épais humus composé de feuilles et de mousses. Accordez seulement trois siècles de vie à ces quatre chênes successifs, et voilà une époque de douze cents années que la nature a gravée sur ces ruines.

Si nous poursuivons cette dissertation historique, (qui toutefois ne conclut rien en faveur de l'antiquité des hommes) nous verrons qu'on ne peut former aucun système raisonnable sur le peuple qui a élevé ces anciens monumens. Les chroniques des Welches parlent d'un certain Madoc, fils d'un prince de Galles, qui, mécontent de son pays, s'embarqua en 1170, fit voile à l'Ouest, en laissant l'Irlande au Nord, découvrit une contrée fertile, revint en Angleterre, d'où il repartit avec douze vaisseaux pour la terre qu'il avoit trouvée. On prétend qu'il existe encore vers les sources du Missouri, des Sauvages blancs qui parlent le Celte, et qui sont chrétiens. Que Madoc et sa colonie, supposé qu'ils aient abordé au Nouveau-Monde, n'aient pu construire les immenses ouvrages du Ohio, c'est, je pense, ce qui n'a pas besoin de discussion.

Vers le milieu du neuvième siècle, les Danois, alors grands navigateurs, découvrirent l'Islande, d'où ils passèrent à une terre, à l'ouest, qu'ils nommèrent *Vinland* (1), à cause de la quantité de vignes dont les bois étoient remplis. On ne peut guères douter que ce continent ne fût l'Amérique, et que les Esquimaux du Labrador ne soient les descendans des aventuriers Danois. On veut aussi que les Gaulois aient abordé au Nouveau-Monde : mais, ni les Scandinaves, ni les Celtes de l'Armorique ou de la Neustrie, n'ont laissé de monumens semblables à ceux dont nous recherchons maintenant les fondateurs.

Si des peuples modernes on passe aux peuples anciens, on dira peut-être que les Phéniciens ou les Carthaginois, dans leur commerce à la Bétique, aux îles Britanniques ou Cassitérides, et le long de la côte occidentale d'Afrique (2), ont été jetés par les vents au Nouveau-

(1) Mall. *Intr. à l'Hist. du Dan.*

(2) *Vid.* Strab. Ptol. Hann. Perip. d'Anvill. etc. etc.

Monde. Il y a même des auteurs qui prétendent que les Carthaginois y avoient des colonies régulières, lesquelles furent abandonnées dans la suite par un effet de la politique du sénat.

Si les choses ont été ainsi, pourquoi donc n'a-t-on retrouvé aucune trace des mœurs Phéniciennes chez les Caraïbes, les Sauvages de la Guyanne, du Paraguay, ou même des Florides? Pourquoi les ruines dont il est ici question, sont-elles dans l'intérieur de l'Amérique du nord, plutôt que dans l'Amérique méridionale, sur la côte opposée à la côte d'Afrique?

D'autres auteurs réclament la préférence pour les Juifs, et veulent que l'Orphir des Ecritures ait été placé dans les Indes occidentales. Colomb disoit même avoir vu les restes des fourneaux de Salomon, dans les mines de Cibao. On pourroit ajouter à cela que plusieurs coutumes des Sauvages semblent être d'origines judaïques, telles que celles de ne point briser les os de la victime dans les repas sacrés, de manger toute l'hostie, d'avoir des retraites, ou des *huttes de purifications* pour les femmes. Malheureusement ces inductions sont peu de choses; car on pourroit demander alors, comment il se fait que la langue et les divinités Huronnes soient Grecques plutôt que Juives? N'est-il pas étrange qu'*Ares-Koui* ait été le dieu de la guerre, dans la citadelle d'Athènes et dans le fort d'un Iroquois? Enfin, les critiques les plus judicieux ne laissent aucun jour à faire passer les Israélites à la Louisianne; car ils démontrent assez clairement qu'Orphir étoit sur la côte d'Afrique (1).

Les Egyptiens sont donc le dernier peuple dont il nous reste à examiner les droits (2). Ils ouvrirent, fermèrent et reprirent tour-à-tour le commerce de la Trapobane, par le golfe Persique. Ont-ils connu le quatrième continent, et peut-on leur attribuer les monumens du Nouveau-Monde?

Nous répondons, que les ruines de l'Ohio ne sont point d'architecture Egyptienne; que les ossemens qu'on trouve dans ces ruines ne sont point embaumés; que les squelettes y sont couchés, et non debout ou assis. Ensuite, par quel incompréhensible hasard ne rencontre-t-on aucun de ces anciens ouvrages, depuis le rivage de la mer jusqu'aux Alléganys? et pourquoi sont-ils tous cachés derrière cette chaîne de montagnes? De quelque peuple que vous supposiez la colonie établie en Amérique, avant d'avoir pénétré, dans un espace de plus

---

(1) *Vid.* Saur. d'Anvil.

(2) Si nous ne parlons point des Grecs (et sur-tout des habitans de l'île de Rhodes), quoiqu'ils devinssen d'assez habiles navigateurs, c'est qu'ils sortirent rarement de la Méditerannée.

de 400 lieues, jusqu'aux fleuves où se voient ces monumens, il faut que cette colonie ait d'abord habité la plaine qui s'étend de la base des monts aux grèves de l'Atlantique. Toutefois on pourroit dire avec quelque vraisemblance, que l'ancien rivage de l'Océan étoit au pied même des Apalages et des Alléganys; et que la Pensylvanie, le Maryland, la Virginie, la Caroline, la Géorgie et les Florides sont des plages nouvellement abandonnées par les eaux.

VII.

M. Bailly..... démontre que toute la chronologie des Brames se renferme dans un intervalle d'environ 70 siècles. . . . . . p. 153.

Fréret a fait la même chose pour les Chinois, et M. Bailly a réduit pareillement la chronologie de ces derniers, ainsi que celle des Egyptiens et des Chaldéens, au calcul des Septante. Ces auteurs ne peuvent être soupçonnés de partialité en faveur de notre opinion. (*Vid.* Bailly, t. I.

VIII.

Examinez ses marbres, ses granits, ses laves, et vous y lirez ses années innombrables. p. 159.

Buffon qui voulut accorder son systême avec la Genèse, avoit reculé l'origine du monde, en considérant chacun des six jours de

Moyse, comme un long écoulement de siècles; mais il faut convenir que ses raisonnemens ne donnent pas un grand poids à ses conjectures. Il est inutile de revenir sur ce système que les premières notions de physique et de chimie ruinent de fond en comble; et sur la formation de la terre détachée de la masse du soleil, par le choc oblique d'une comète, et soumise tout-à-coup aux loix de gravitation des corps célestes; le refroidissement graduel de la terre, qui suppose dans le globe la même homogénéité que dans le boulet de canon qui avait servi à l'expérience; la formation des montagnes du premier ordre, qui suppose encore la transmutation de la terre argilleuse en terre silicieuse, etc.

M. de Saussure a prétendu que les montagnes s'étoient formées sous les mers. Il veut prouver que les matières qui les composent ont été tenues long-temps en dissolution dans le *premier Océan*, par un agent qu'il appelle l'*acide marin;* que cet acide s'étant évaporé par une cause inconnue, les matières se déposèrent, et crystallisant à différentes époques, formèrent les différentes couches des montagnes, etc.

On pourroit grossir cette liste de systêmes, qui après tout ne sont que des *systêmes*. Ils se sont détruits entre eux, et, pour un esprit droit, ils n'ont jamais rien prouvé contre l'Ecriture.

I X.

Platon et Cicéron, chez les anciens, Clarke et Leibnitz, chez les modernes, ont prouvé métaphysiquement, et presque géométriquement l'existence du souverain Etre, (p. 164.)

Je donnerai ici ces preuves métaphysiques de l'existence de Dieu et de l'immortalité de l'ame, pour compléter ce que j'ai dit sûr ce grand sujet. Toutes les preuves abstraites de l'existence de Dieu se tirent de ces trois sources : la *matière*, le *mouvement*, la *pensée*.

La Matière.

Première Proposition.

Quelque chose a existé de toute éternité.

Preuves. Par la raison que quelque chose existe. Dieu ou matière, peu importe à présent.

Seconde Proposition. [1]. *Quelque chose a existé de toute éternité*, [2]. et cet être existant est indépendant et immuable.

Preuves. Il faudroit autrement, qu'il y eût une succession infinie de causes et d'effets sans cause première ; ce qui est contradictoire. On le prouve,

Parce que si la série d'êtres indépendans est UNE et TOUTE, elle ne peut avoir au dehors une cause de son existence *successive*, puisqu'elle comprend *tout*. Or,

Il est évident que chaque être, dans la chaîne progressive, n'a pas, au dedans de soi, la cause efficiente de son existence, puisqu'il est produit par un être *précédent*. Contradiction manifeste.

Objection. On dit : c'est la nécessité qui fait que cette chaîne d'êtres existe.

Réponse. Des êtres *dépendans* les uns des autres, peuvent *exister* ou n'*exister pas*. Il n'y a pas-là *nécessité*; donc la cause de cette existence est déterminée par *rien*. (Absurdité.) Donc il doit y avoir de toute éternité un Être indépendant et immuable; cause première de la génération des êtres.

TROISIÈME PROPOSITION. 1. *Quelque chose a existé de toute éternité*. 2. *Cet être existant est indépendant et immuable*, 3. ET NE PEUT ÊTRE LA MATIÈRE.

Première preuve. Si cela étoit, la matière existeroit *nécessairement* et par elle-même : la seule supposition qu'elle n'existe pas, seroit une contradiction dans les termes. Or, il est prouvé,

Que le mode de son existence n'est pas de cette nature, puisqu'on peut concevoir, sans contradiction, qu'elle (la matière) pourroit ne pas exister, ou être toute autre chose que ce qu'elle est. En effet,

Ce caillou que vous roulez sous votre pied n'existe pas *nécessairement*, puisque vous le concevez fort bien, ou anéanti, ou de toute autre espèce, sans qu'il en arrive aucun changement dans l'univers. Ainsi, d'objets en objets, vous verrez clair comme le jour, que l'existence de la matière n'est pas de *nécessité*.

Seconde preuve. En outre, on ne peut pas se figurer la durée éternelle de la matière, de la même manière qu'on entend celle de Dieu ; celui-ci, par la simplicité et la non-étendue de sa substance, se fait concevoir à la pensée, comme existant à-la-fois dans le passé, le présent et l'avenir. Mais la durée de la matière ne peut être que progressive, puisqu'elle a l'étendue et les dimensions des corps, et qu'elle se perpétue par destructions et générations ; elle n'existe plus pour la minute écoulée, et comme l'homme, elle avance dans l'avenir, en perdant le passé.

Or, si l'éternité est successive, comme elle l'est démonstrativement, dans le cas de la matière, elle enferme des *siècles infinis* ;

Or, des *siècles infinis* ne peuvent être *épuisés*, ou ils ne seroient pas *infinis* ;

Donc l'éternité de la matière étant successive, cette matière ne pourroit être venue jusqu'à nos jours, puisqu'il faudroit supposer qu'elle eût franchi des siècles *infinis*, et que des siècles *infinis* qui pourroient se *franchir*, ne seroient point *infinis* (1).

Troisième preuve. S'il n'y a que la matière dans la nature, et que cette matière n'existe pas de *nécessité*, (ce qui implique déja contradiction), qui est-ce qui fait durer les êtres ?

S'il n'y a pas une puissance *nécessaire*, qui conserve tout par sa seule vertu ou sa seule volonté, la cohésion des parties des corps est impossible. Mon bras doit tomber en poussière, si les atômes dont il est formé, ne sont sans cesse forcés de se tenir ensemble, où même s'ils ne sont sans cesse créés (2). Or, cette puissance *nécessaire* ne peut être la matière, puisqu'elle n'existe pas de *nécessité*, et qu'elle n'a pas elle-même la cohésion des parties. Enfin, cette volonté conservatrice ne peut émaner de la matière, puisque la matière est un être purement passif et sans volonté.

Concluons que l'être primitif, indépendant et immuable, ne peut être la matière.

QUATRIÈME PROPOSITION. 1. *Quelque chose a existé de toute éternité.* 2. *Cet être existant est indépendant et immuable;* 3. *il ne peut être la matière;* 4. IL EST NÉCESSAIREMENT UNIQUE.

---

(1) Abbadie.

(2) Descart.

Première preuve. Si deux principes *indépendans* existent ensemble, on concevra que l'un peut également exister seul, puisqu'il n'est pas de la *même* nature que l'autre ; d'où il résulte que ni l'un ni l'autre de ces principes n'existe *nécessairement.* Que devient donc la matière et l'être quelconque, démontré existant de toute éternité, par la seule raison que quelque chose existe à présent ?

Seconde preuve. Si deux principes existent ensemble, qui est-ce qui a arrangé la matière ?

Ce ne peut être *Dieu*, parce qu'il ne connoît point l'*autre principe*, et n'a aucun droit sur lui (1).

Si la matière est increéée, Dieu ne peut la mouvoir, ni en former aucune chose; car Dieu ne peut l'arranger sagement sans la connoître; il ne peut la connoître, s'il ne l'a pas créée, puisqu'étant un principe *indépendant* par lui-même, il ne peut tirer ses connoissances que de lui ; rien ne peut agir en lui, ni l'éclairer (2).

Ainsi s'évanouit cet épouvantail de l'école des athées : *ex nihilo, nihil fit.* Si Dieu *existe,* la matière n'est pas *éternelle*, et la création est *obligée.* Si vous supposez que Dieu n'*existe pas*, vous rentrez dans le cercle de nos propositions.

---

(1) Bayl. art. *Anaxim.*

(2) Mallebr.

L'être existant de toute éternité, est donc nécessairement unique (1).

Cinquième Proposition. 1. *Quelque chose a existé de toute éternité.* 2. *Cet être existant est indépendant et immuable;* 3. *il ne peut être la matière;* 4. *il est nécessairement unique;* 5. IL N'EST POINT UN AGENT AVEUGLE, SANS CHOIX ET SANS VOLONTÉ.

Preuves. Si la cause suprême est sans liberté, une chose qui n'existe pas dans le moment actuel, n'a jamais pu exister; car,

Si la puissance de la cause suprême vient de l'enchaînement nécessaire des êtres, tout ce qui existe, existe par une nécessité rigoureuse; alors si cette nécessité est de *rigueur*, comment se trouve-t-il un temps où cette chose n'existoit pas?

Que si on rapporte cette nécessité d'existence à une certaine époque de la succession des temps, c'est complètement déraisonner. Dans le cas d'une existence d'*absolue* nécessité, il n'y a point de *succession* de temps. Les temps sont UN et TOUT.

Ensuite,

Il n'y a dans le monde aucune apparence

(1) La seule objection qu'on pourroit me faire ici, se tireroit du spinosisme, qui admet l'unité de Dieu et de la matière; mais on sait combien cette opinion est absurde. On peut voir Bayle, art. *Spinosa.*

d'une nécessité *absolue*. Chacun peut concevoir les choses d'une toute autre manière, et dans un ordre tout différent de ce qu'elles sont; mais on apperçoit une nécessité de *convenances* relatives aux loix de l'harmonie et de la beauté. Cette nécessité du *meilleur possible* dans les êtres, est fort digne d'une cause intelligente, et très-compatible avec sa liberté.

De plus,

L'être intelligent prouve encore sa liberté par les causes finales. Aucun athée ne s'avise de soutenir à présent, comme jadis Épicure, que l'œil n'est pas formé pour voir, et l'oreille pour entendre. Il suffiroit de renvoyer cet incrédule aux anatomistes.

Enfin,

Si la cause première agit par nécessité, aucun *effet* de cette cause ne sera *fini*. Une nature qui agit *nécessairement*, agit de *toute sa puissance*. Or, une nature *infinie*, agissant à-la-fois de toutes parts et de toute sa puissance, ne peut jamais *compléter* un être, puisqu'elle y ajouteroit *sans fin*, en raison de son *infinité*; il n'y auroit donc point d'objet fini dans l'univers, ce qui est visiblement absurde.

Donc la cause première n'est point un agent aveugle, sans choix et sans volonté.

SIXIÈME PROPOSITION. 1. *Quelque chose a existé de toute éternité.* 2. *Cet être existant est indépendant et immuable ; 3. il ne peut être la matière ; 4. il est nécessairement unique ; 5. il n'est point un agent aveugle sans choix et sans volonté ;* 6. IL POSSÈDE UNE PUISSANCE INFINIE.

Preuves. Cette puissance ne peut s'étendre que sur deux espèces d'êtres, qui constituent toutes les choses, savoir : les êtres matériels et les êtres immatériels.

Par rapport aux premiers,

Nous avons vu que la *cause nécessairement unique*, doit avoir créé la matière, et conséquemment en être la maîtresse absolue.

Quant aux derniers,

Nous prouverons ailleurs que Dieu a pu seul les créer, lorsque nous examinerons la nature de la pensée de l'homme.

SEPTIÈME ET DERNIÈRE PROPOSITION.

1. Quelque chose a existé de toute éternité. 2. Cet être existant est indépendant et immuable ; 3. il ne peut être la matière ; 4. il est nécessairement unique ; 5. il n'est point un agent aveugle sans choix et sans volonté ; 6. il possède une puissance infinie ; 7. ET IL EST INFINIMENT SAGE, BON, JUSTE, etc.

Preuves. Cela se démontre

A priori,

1.° Parce qu'un être parfaitement intelligent doit connoître ses propres facultés, et qu'étant infini en puissance, rien ne peut l'empêcher de faire ce qui est le meilleur et le plus sage.

2.° Parce que l'être infini connoissant toutes les convenances et toutes les relations des choses, n'étant jamais détourné de la vérité, par les passions, la force ou l'ignorance, il doit toujours agir conformément aux propriétés des choses.

A posteriori,

Les preuves de la bonté, de la sagesse et de la justice de Dieu, se tirent de la beauté de l'univers.

Récapitulons.

1.° Quelque chose a existé de toute éternité.

2.° Cette chose existante est immuable et indépendante.

3.° Elle n'est pas la matière.

4.° Elle est unique.

5.° Elle n'est point un agent aveugle.

6.° Elle est toute-puissante.

7.° Elle est souverainement sage, bonne et juste.

Voilà DIEU.

Le Mouvement.

D'où vient le MOUVEMENT de la MATIÈRE ?

Premier syllogisme (genre positif.)

Ou ce mouvement lui est essentiel, ou il lui est communiqué.

Si le mouvement est *essentiel* à la matière, c'est une nécessité pour elle que ses parties soient toujours en mouvement : or,

L'expérience la plus commune démontre qu'il y a des corps en repos ; donc

Le mouvement n'est pas essentiel à la matière ; donc

Il lui est communiqué.

Second syllogisme (genre destructif.)

Si le mouvement est *essentiel* à la matière, toutes ses parties doivent tendre sans cesse et également de tous côtés : or,

De l'éternel mouvement résulte l'éternel repos ; donc

Tout est en repos dans l'univers ; (*absurde.*)

Troisième syllogisme (genre desmontratif.)

Le mouvement, par sa nature connue, n'a aucune régularité ;

Il s'exerce dans toutes les dimensions et dans toutes les vîtesses ;

Il s'échappe par la tangente, coupe par la sécante, se plonge par la perpendiculaire, se roule par le cercle, se glisse par l'ellypse et la parabole ;

Il se communique par le choc ; il prend des directions nouvelles, selon l'opposition ou la réflexion des corps : or,

Les loix motrices des astres, du soleil et des

planètes, s'accomplissent dans une inaltérable régularité géométrique ; donc

Ces loix d'un mouvement permanent et régulier, ne peuvent être engendrées par le mouvement confus et désordonné de la matière.

Il suit de ces trois syllogismes, que le mouvement n'est point essentiel à la matière :

1.° Parce qu'il a des corps en repos ;

2.° Parce que l'universel mouvement seroit le repos universel, ce qui choque l'expérience ;

3.° Parce que le mouvement irrégulier de la matière ne peut jamais être admis comme créateur de l'*ordre*, de l'univers. Une cause ne peut pas produire un effet, dont elle n'a pas en elle-même le principe, puisqu'il y auroit alors un effet sans cause ; un composé ne peut pas avoir des vertus, qui ne sont pas dans ses élémens simples. Enfin, si le mouvement étoit une qualité résidante dans la matière ou dans l'arrangement de ses parties, depuis le temps que les plus ingénieux mécaniciens cherchent le mouvement perpétuel, n'est-il pas plus que probable qu'ils auroient trouvé la machine propre à le mettre en évidence? Mais l'expérience a démontré jusqu'à présent qu'il falloit un moteur étranger.

On doit conclure de ces argumens, qu'il existe quelque part *hors* de la matière, un mobile universel, premier agent du mouvement, à-la-fois immuable et dans un mouvement éternel.

Voilà Dieu.

Eclaircissement sur ces dernières preuves touchant le mouvement.

Le mouvement de la matière fournissant une preuve sans réplique en faveur de l'existence de Dieu, il sera bon d'y jeter encore quelque lumière.

Pour démontrer l'impossibilité de la formation des mondes par le mouvement et le hasard, Cicéron tire des lettres de l'alphabet cette objection si connue :

« Ne dois-je pas m'étonner (1), dit-il, qu'il y ait un homme qui se persuade que de certains corps solides et indivisibles se meuvent d'eux-mêmes par leur poids naturel, et que, de leur concours fortuit, s'est fait un monde d'une si grande beauté. Quiconque croit cela possible, pourquoi ne croiroit il pas que si l'on jetoit à terre quantité de caractères d'or, ou de quelque matière que ce fût, qui représentassent les vingt et une lettres, ils pourroient tomber arrangés dans un tel ordre, qu'ils formeroient lisiblement les annales d'Ennius? Je doute si le hasard rencontreroit assez juste pour en

(1) *De Nat. Deor. II. 37.* Traduct. de d'Olivet.

faire un seul vers. Mais ces gens-là, comment assurent-ils que des corpuscules, qui n'ont point de couleur, point de qualité, point de sentiment, qui ne font que voltiger au gré du hasard, ont fait ce monde-ci, ou plutôt en font à chaque moment d'innombrables qui en remplacent d'autres ? Quoi ! si le concours des atômes peut faire un monde, ne pourroit-il pas faire des choses bien plus aisées, un portique, un temple, une maison, une ville ? »

Cette absurdité qui frappoit si justement l'orateur Romain, a aussi été relevée par Bayle. Nous aimons à citer Bayle aux athées : « Ce dialecticien, (c'est Leibnitz qui parle), passe aisément du blanc au noir ; il s'accommode de tout ce qui lui convient pour combattre l'adversaire qu'il a en tête, n'ayant pour but que d'embarrasser les philosophes, et faire voir la foiblesse de notre raison. Jamais Arcésilas et Carneades n'ont soutenu le pour et le contre avec plus d'esprit et d'*éloquence* (1). »

Voici donc ce que dit Bayle sur la nécessité d'une cause intelligente (2).

« Puisque, de l'aveu de toutes les sectes, les loix du mouvement ne sont pas capables de

(1) Leibn. Theodic. part. 3. §. 353. On sait ce que c'est que l'éloquence de Bayle ; mais il faut pardonner ce jugement à Leibnitz.

(2) Art. Sennert. n. C.

produire, je ne dirai pas un moulin, une horloge, mais le plus grossier instrument qui se voit dans la boutique d'un serrurier, comment seroient-elles capables de produire le corps d'un chien, ou même une rose et une grenade? Recourir aux astres ou aux formes substantielles, c'est un pitoyable asyle. Il faut ici une cause qui ait l'idée de son ouvrage, et qui connoisse les moyens de le construire : tout cela est nécessaire à ceux qui font une montre et un vaisseau; à plus forte raison se doit-il trouver dans ce qui fait l'organisation des êtres vivans. »

A la note *R*. de l'article Démocrite, il s'exprime ainsi :

« En quittant le droit chemin, qui est le système d'un Dieu, créateur libre du monde, il faut nécessairement tomber dans la multiplicité des principes; il faut reconnoître entre eux des antipathies et des sympathies, les supposer indépendans les uns des autres, quant à l'existence et à la vertu d'agir, mais capables néanmoins de s'entre-nuire par l'action et la réaction. Ne demandez pas pourquoi en certaines rencontres, l'effet de la réaction est plutôt ceci que cela; car on ne peut donner raison des propriétés d'une chose, que lorsqu'elle a été faite librement par une cause qui a eu ses raisons et ses motifs en la produisant. »

Crousaz qui cite ce passage à la huitième

section de son examen du Pyrrhonisme, ajoute (1) :

« Quand on supposeroit les atômes éternels et en mouvement de toute éternité, on pourroit bien en conclure qu'en s'approchant ils formeroient de certaines masses, et, si vous voulez encore, que ces masses seroient propres à produire de certains effets. Mais delà il y a infiniment loin à supposer que ces masses, formées par le concours fortuit des atômes, auroient pris un agencement régulier, et que les propriétés des unes auroient été précisément telles qu'il falloit pour l'usage des autres. »

« Que l'on ploie dix billets numérotés, l'un par le chiffre 1, le second par le chiffre 2. Combien de reprises ne faudroit-il pas pour les tirer, sans choix, dans un tel ordre, que le numéro 1 vînt précisément le premier, le numéro 2 le second, et ainsi jusques au 10? »

« S'il y en avoit vingt, le cas ne seroit pas seulement deux fois plus difficile, mais incomparablement plus, comme le démontrent ceux qui ont étudié la doctrine abstraite des combinaisons. Cinq choses mélangées 2 à 2 donnent 15 combinaisons; à 3, 35; à 4, 70; à 5, 126; à 6, 210; à 7, 330. »

« La difficulté de ranger plusieurs choses sans le secours du discernement dans un ordre

(1) Page 426.

croissant avec le nombre de ces choses, devient toujours plus grande dans une proportion qui va si fort en augmentant. Pour donner un arrangement, sans le secours de l'intelligence et du choix, à une infinité de parties en désordre, il faudroit surmonter des difficultés infiniment infinies. Quelle étendue d'intelligence ne seroit pas nécessaire pour ranger dans un grand ordre, dans un ordre exquis, dans un ordre qui se soutînt, une infinité de choses, dont chacune hors de sa place seroit une cause de désordre ? Prenez autant de lettres qu'il y en a dans une ligne; agencez les billets où elles sont écrites, une seule par billet, sans les voir, à peine, après avoir épuisé votre vie en tentatives, viendrez-vous une fois à bout de les ranger à faire lire cette ligne. La difficulté sera beaucoup plus que double, s'il faut ainsi venir à bout d'agencer les expressions de deux lignes. Où n'iroit point la difficulté de les ranger, sans le secours du discernement, dans l'ordre où elles sont dans une page entière? Leurs agencemens fortuits iroient-ils enfin à composer un livre? Une cause infinie en perfection peut seule lever les obstacles, qui naissent d'une confusion infinie. »

« J'ajouterai ici un exemple aisé de la variété et de la multiplicité des combinaisons. *A* et *b* se combinent en deux manières *ab*, *ba*; *abc* en six, *ab*, *cb*, *ba*, *bc*, *ca*, *cb*, et cela sans être répetées; *abcd* en vingt-quatre , *abcd, abdc , acbd , acdb, adbc , adcb ;* en voilà six. Il y en aura autant si l'on commence par *b*, autant par *c*, autant par *d.* »

« Une infinité combinée 2 *à* 2 iroit à l'infini; combinée 3 *à* 3, encore à l'infini et à un plus grand infini; combinées toutes ensemble, à une infinité d'infinies manières. Quelles sources de confusion, quelle infinité de dérangemens, et à combien d'infinies manières ne montent pas les chaos et les confusions possibles ? Si cette confusion ne se change pas tout d'un coup en régularité, elle subsistera; car quelque léger principe de régularité seroit bientôt détruit par les chocs de l'infinie confusion restante. »

« Dire que dans la suite infinie des temps, la combinaison régulière a enfin eu son tour, ce seroit supposer une infinie régularité dans la confusion, puisque ce seroit supposer que toutes les combinaisons différentes à l'infini se seroient succédées par ordre, et que par là la combinaison régulière auroit paru dans sa place, et en auroit eu une assignée dans cette succession, où elles se présentoient par ordre, comme si une intelligence en avoit fait les agencemens, les essais et les revues. »

Ces raisonnemens sont d'une grande force, et précisément comme les demandent les esprits positifs, c'est-à-dire, des raisonnemens mathématiques. Il y a des athées qui ont l'ingénuité de croire que ce n'est que dans leur secte qu'on démontre par A + B, et que les pauvres chrétiens sont réduits à l'*imagination* pour toute ressource. C'est bien quelque chose pourtant que cette imagination, et il y a tel profane qui auroit la témérité de croire qu'il est plus difficile d'écrire une seule belle page de pensées morales ou de sentimens, que de compiler des volumes entiers d'abstractions. Quoi qu'il en soit, ces incrédules ne savent donc pas que Leibnitz a prouvé Dieu géométriquement dans sa Théodicée? Ils ne savent donc pas qu'on a emprunté d'Huygens, de Keil, de Marcalle et de cent autres, des théorèmes rigoureux pour établir l'existence d'un Être suprême? Platon n'appeloit Dieu que l'*éternel géomètre*, et c'est l'art d'Archimède qui a fourni la plus belle et la plus puissante image de Dieu, *le triangle inscrit au cercle*.

Newton a posé ainsi l'axiôme fondamental de la mécanique.

« *Quand un corps est en repos ou en mouvement, il ne cesse jamais de rester en repos, ou de se mouvoir en ligne droite avec la même force, sans qu'elle reçoive aucune augmentation ou aucune diminution, à moins que quelque autre force, venant à agir sur lui, n'y cause du changement.* »

Le médecin Nieuwentyt, raisonnant sur cet

axiôme, dans son livre *de l'existence de Dieu, démontrée par les merveilles de la nature*, fait cette curieuse observation (1) :

« Lorsqu'un petit corps, qui ne sera si grand qu'une petite boule, de la grosseur, par exemple, d'un grain de sable très-petit, après avoir reçu une chiquenaude, va heurter contre un corps, que nous supposerons aussi gros que tout le globe de la terre, ou, si vous voulez, mille fois plus grand, pourvu que ni l'un ni l'autre n'ait pas de ressort; il s'ensuit, dis-je, que ce grand corps sera entraîné avec le grain de sable en ligne droite; et à moins que quelque force ou quelque obstacle n'intervienne et n'arrête ce mouvement, la force d'une seule chiquenaude suffira pour faire mouvoir continuellement en ligne droite ce grand corps et le petit grain de sable tout ensemble; et si dans leurs routes ils rencontroient cent mille autres corps, chacun un million de fois plus grand que la terre, ils les entraîneroient tous avec cette petite force, sans qu'il y en eût jamais aucun en état de prendre une autre direction. »

« Que ceci soit vrai, quelque merveilleux qu'il paroisse, c'est une chose que les mathématiciens ne sauroient nier. Misérable Pyrrhoniens, qui espérez, en déduisant nécessaire-

(1) Liv. III, chap. 3, p. 541.

ment les loix de la nature l'une de l'autre, d'éluder les preuves de la Providence divine! Misérables Pyrrhoniens, montrez-nous par vos principes, si vous pouvez en aucune manière comprendre, non pas qu'une pareille chose arrive continuellement (car les mathématiques leur montreront ceci), mais comment et de quelle manière agit la force de ce petit grain de sable? de sorte que pour peu qu'il pousse ces corps prodigieux, il les met non-seulement en mouvement, mais il les y conserve sans jamais cesser. »

Voilà la remarque de cet excellent homme qui, avec Hippocrate et Galien, avoit reconnu dans la merveilleuse machine de notre corps, la main d'une intelligence divine.

Enfin, le docteur Hancock se sert d'une comparaison frappante, pour faire sentir l'absurdité de ceux qui attribuent l'ordre de l'univers au concours fortuit des atômes.

« Supposons, dit-il (1), que tous les hommes qu'il y a sur la terre fussent aveugles, et que dans cet état il leur fût ordonné de se rendre dans les plaines de la *Mésopotamie;* combien de siècles leur faudroit-il pour trouver cette route et pour venir à leur commun rendez-vous? Y arriveroient-ils même jamais, quelque

(1) Hancock, on the Exist. of God, sect. 5. *Trad. franç.*

immense que fût leur durée? Cela seroit pourtant infiniment plus facile à faire pour des hommes, qu'il ne l'a été aux *atômes* de *Démocrite* d'exécuter l'ouvrage qu'il leur attribue. Posé cependant que ce concours si heureux ne leur ait pas été impossible; comment est-il arrivé qu'il n'ait plus rien produit de nouveau, ou que le même hasard qui les assembla pour former l'univers, ne les ait pas dissipés pour le détruire? Dira-t-on que c'est un principe d'*attraction* et de *gravitation* qui les retient ainsi dans leur situation primitive? Mais ce principe d'*attraction* et de *gravitation* est ou *antérieur* ou *postérieur* à la formation de l'univers. S'il est antérieur, comment est-ce que l'activité en étoit suspendue? Et s'il est postérieur, quelle en est l'origine, et ne doit-elle pas venir d'ailleurs que de la matière, qui de sa nature est susceptible de se mouvoir en tous sens? Si l'on dit d'ailleurs que c'est la *nature* qui se maintient d'elle-même dans cet état permanent, on ne peut entendre par ce terme, dans le système de *Démocrite*, que le *concours fortuit*, et l'on sent d'abord que cela ne suffit pas plus pour rendre raison de la conservation du monde, que pour celle de sa formation. »

Pour se tirer des difficultés insurmontables, qui résultent de la formation du monde par le mouvement de la matière, Spinosa, d'après

Straton, a soutenu qu'il n'y a dans l'univers qu'une seule substance; que cette substance est Dieu, à-la-fois esprit et matière possédant l'attribut de la pensée et de l'étendue. Ainsi mon pied, ma main, un caillou, tous les accidens physiques et moraux, toutes les saletés de la nature sont des parties de Dieu. Rare et admirable divinité, sortie toute formée et sans douleur du cerveau d'un incrédule! Les payens avoient bien attaché des dieux aux objets les plus vils de la terre; mais il n'appartenoit qu'à un athée de déifier, en une seule et éternelle substance, tous les crimes et toutes les immondices de l'univers. Il se passe d'étranges choses dans l'intérieur de ces hommes que Dieu a éloignés de lui, et les plus habiles gens trouveroient mal-aisé d'expliquer les mouvemens du cœur d'un athée. On peut voir comment Bayle, Clarke, Leibnitz, Crousaz, etc. ont renversé le spinosisme, qui est en même temps le plus impie et le plus insoutenable des systêmes.

Anaximandre, par une autre folie, vouloit que les *formes* et les *qualités*, provenues de la matière, eussent arrangé l'univers.

D'un autre côté, des Stoïciens supposoient des *formes plastiques*, destituées d'intelligence et pourtant distinctes de la matière. A la vérité, quelques-uns les dérivoient de Dieu, et ne les avoient imaginées que pour expliquer l'action d'un être immatériel sur des êtres matériels.

Qu'est-il besoin d'appeler les mépris du lecteur sur ces rêveries philosophiques? Elles ont été combattues par les incrédules eux-mêmes.

Il ne reste donc plus à faire valoir que la loi bannale de la *nécessité*. On s'en sert d'autant plus volontiers, qu'on ne sait ce que c'est, et qu'en lâchant ce grand mot, on se croit dispensé de l'expliquer. Mais cette terrible nécessité est-elle une chose créée ou increée? Si elle est créée, qui est-ce qui en est le créateur? Si elle est increée, cette nécessité, qui arrange tout, qui produit tout dans un si bel ordre, qui est une, indivisible, sans étendue, est-elle autre que Dieu?

La Pensée.

D'OU VIENT LA PENSÉE DE L'HOMME, ET QUELLE EST LA NATURE DE CETTE PENSÉE?

Elle ne peut être que *matière*, *mouvement* ou *repos*, la *chose* même, ou les deux *accidens* de cette *chose*, puisqu'il n'y a dans l'univers que *matière*, *mouvement et repos*.

Que la *pensée* n'est pas *matérielle*, cela parle de soi.

Que la *pensée* n'est pas *le repos* de la matière, cela est encore prouvé, puisqu'au contraire, la *pensée* est un *mouvement*.

La *pensée* est donc un *mouvement*. Est-elle le *mouvement matériel*, ou l'effet du *mouvement matériel?*

Examinons.

Si la pensée est l'*effet* du mouvement, ou le *mouvement* lui-même; elle doit ressembler à cet *effet* de mouvement, ou à ce mouvement. Or,

Le mouvement rompt, désunit, déplace; *la pensée* ne fait rien de tout cela:

Elle touche les corps, sans les séparer, sans les mouvoir.

Le *mouvement* lui-même est aussi un déplacement. Un corps qui se meut change de disposition, s'arrange d'une autre manière, occupe une autre place, acquiert d'autres proportions: la *pensée* ne fait rien de tout cela:

Elle se meut sans cesser d'être en repos et sans quitter son siège ; elle n'a ni dimension, ni localité, ni forme.

Le *mouvement* a sa mesure et ses degrés : la *pensée*, au contraire, est *indivisible*. Il n'y a point de moitié, de quart, de fraction, de *pensées* : une *pensée* est une.

Le *mouvement* de la matière a des bornes qui l'empêchent de s'étendre au-delà de certains espaces :

La *pensée* n'a d'autres champs que l'infini. Or, comment concevoir qu'un atôme, parti de mon cerveau, avec la rapidité de la *pensée*, atteigne au même instant le ciel et l'enfer, et pourtant sans quitter mon cerveau? car s'il en étoit ainsi, ma *pensée* subsisteroit *hors de moi*, et ne seroit plus moi. Qui auroit donné à cet atôme cette force immense de mouvement, incomparablement plus grande que celle qui entraîne tous les corps célestes? Comment un si chétif insecte que l'homme, auroit-il une pareille puissance *physique?*

Le *mouvement* ne peut agir qu'au présent.

Le passé et l'avenir sont également du ressort de la *pensée*. L'espérance, par exemple, ne peut être qu'un mouvement futur; et comment un mouvement *futur matériel* existe-t-il au *présent?*

La *pensée* ne peut donc être le mouvement matériel. En est-elle l'*effet?*

La pensée ne peut être l'*effet* du mouvement, parce qu'un effet ne peut être plus noble que sa cause, une conséquence plus puissante qu'un principe. Or, que la *pensée* soit plus noble et plus forte que ce *mouvement*, qui ne le voit du premier coup-d'œil, puisque la *pensée* connoît ce *mouvement*, et que ce *mouvement* ne la connoît pas; puisque la *pensée* parcourt dans la plus petite fraction de temps, des espaces que ce *mouvement* ne pourroit franchir que dans des milliers de siècles?

Que si l'on dit à présent que la *pensée* n'est ni un *mouvement*, ni un *effet* de mouvement *intérieur* dans mon cerveau, mais un ébranlement produit par un mouvement *extérieur*, c'est seulement retourner les termes de la proposition. Car il est encore peut-être plus absurde d'imaginer que tel atôme émané de la lumière d'une étoile, descende dans la vîtesse de la *pensée*, pour choquer telle partie de mon cerveau, tandis que d'autres millions de *mouvemens* viennent en même temps l'assaillir de tous côtés. Par la seule loi de la pesanteur, un atôme tombé du soleil sur ma tête, me réduiroit en poussière. Objecter que la gravité n'existe plus pour les parties extrêmement ténues de la matière, ce seroit se moquer des gens, en voulant appliquer ce principe physique à la théorie de la pensée. Examinez donc un peu ce qui arriveroit dans votre entendement toutes les fois que vous pensez, si votre *pensée* étoit le *mouvement* matériel, ou un *effet* de ce mouvement. Une petite portion de votre cervelle se détache, et s'en va roulant de tel côté, ce qui vous donne telle idée. Cet atôme est long ou rond, large ou étroit, mince ou épais; et vous voilà, en conséquence de cette figure du hasard, obligé d'être triste ou gai, insensé ou sage. Mais comme l'homme pense à mille choses à-la-fois, quel chaos, quel dérangement dans sa tête! Une *pensée sublime*, sous la forme d'un embryon blanc ou bleu, en traversant votre entendement, rencontre une autre *pensée rouge* qui l'arrête. D'autres *idées* surviennent, se heurtent, etc.

Ce n'est pas là toute la difficulté; car si le *mouvement* est la *pensée*, le *mouvement* est un *principe pensant*. Or, dans ce cas, le flot qui roule, le pied qui marche, la pierre qui tombe pensent. Vous dites que je pense en raison d'un ébranlement produit dans une certaine partie de mon cerveau; d'accord: mais cette partie de mon cerveau qui s'ébranle, n'est pas d'une autre nature que les élémens de l'univers. C'est de l'eau, de la terre, de l'air ou du feu, ou si vous aimez mieux parler comme la physique du jour, c'est de l'oxigène, de l'hydrogène, etc. Amalgamez ces principes tout comme il vous plaira, ils resteront toujours tels par leur essence. Or, de leur mélange tel quel, comment ferez-vous naître la *pensée*, si le *principe* de cette pensée n'est pas renfermé dans les *élémens* qui la composent? Vous ne voulez pas déraisonner et dire qu'un *composé* a des effets qui ne sont pas dans des *simples*, et qu'un accident peut être provenu sans cause? Vous serez donc réduit à vous jeter dans une autre absurdité; et à dire que les élémens de la matière *pensent en certain cas*. Comment se fait-il alors que ces élémens qui se trouvent combinés de tant de manières, ne répètent pas quelquefois *hors de l'homme* l'effet de la pensée?

Disons donc, car on ne peut le nier sans folie, que la *pensée* n'est ni la *matière*, ni le *mouvement*. Si l'on veut absolument que le *mouvement* fasse une des conditions de la *pensée*, du moins est-il certain que cette pensée n'est pas le mouvement lui-même, mais quelque chose qui *se joint* ou *s'applique* au mouvement, puisqu'il est indubitable qu'*il y a des mouvemens qui ne pensent pas*.

Venons à la grande conclusion.

Si la *pensée* est différente (comme elle l'est) de la *matière* et du *mouvement* matériel, qu'est-elle, et d'où vient-elle?

Comme elle n'existoit pas chez moi avant que je fusse créé, elle a donc été produite?

Si elle a été produite, elle l'a été nécessairement par quelque chose *hors de la matière*, puisque nous avons reconnu que la *matière* n'a pas le *principe pensant*.

Cette *chose* placée hors de la matière, qui a produit ma *pensée*, ne peut être qu'une chose encore *plus excellente* que ma pensée, quoique la pensée de l'homme soit ce qu'il y a de plus beau dans l'univers : un principe est plus puissant que son effet.

Ma pensée étant indivisible est immortelle; par l'axiôme reçu de tous les philosophes, qu'une chose ne se dissout que par la divisibilité de ses parties.

Or, la *cause* qui a produit ma *pensée* est donc *indivisible* comme elle; elle est donc *immortelle* comme elle.

Mais comme cette *cause* étoit avant ma *pensée*, cette *cause* a elle-même été *produite*, ou elle est de *toute éternité*.

Si elle a été produite, où est son principe? Si vous me montrez ce principe, quel est le principe de ce principe?

Ainsi, vous élevant sans fin, vous arrivez au premier anneau; Dieu montre sa face au fond des ombres de l'éternité : notre ame est la chaîne immortelle, qu'il nous a tendue pour remonter jusqu'à lui.

C'est ainsi que la pensée de l'homme prouve irrévocablement l'existence de la divinité, de même qu'à son tour l'existence de cette divinité démontre l'existence et l'immortalité de l'ame, puisque Dieu ne peut être, s'il est injuste, et que l'homme, jeté sur la terre pour couler des jours infortunés et mourir, n'annonceroit que le caprice d'un affreux tyran. Ceci doit nous donner la plus haute opinion de notre nature; car, qu'est-ce qu'un être dont Dieu est la preuve, et qui est à son tour la preuve de Dieu ? L'Ecriture a-t-elle parlé trop magnifiquement de cet être-là ? « *Quand l'univers écraseroit l'homme*, dit Pascal, *l'homme seroit encore plus grand que l'univers; car il sentiroit que l'univers l'écrase, et l'univers ne le sentiroit pas.*

Il faut donc admettre que s'il y a un Dieu, ses perfections prouvent que l'homme a une ame immortelle, et *vice versâ*, conclure de l'excellence de l'ame humaine et des malheurs de ce monde, que Dieu existe de nécessité.

Quelques autres preuves de l'Immortalité de l'Ame.

La science est éternelle, donc le siège de la science, l'ame, doit être immortelle.

La raison et l'ame ne sont qu'un; or, la raison est immuable et éternelle.

La matière ne peut cesser d'être, sans un acte immédiat de la volonté de Dieu : elle demeure toujours, rien ne se crée, rien ne s'anéantit; or, la vie étant l'essence de l'ame, l'ame ne peut en être privée.

L'ame n'est point l'arrangement des parties du corps, puisque plus on la dégage des sens, plus on a de facilité à comprendre les choses (1).

Le concevant se présente toujours avant le concevable.

Nous éprouvons d'abord qu'il existe des idées ; nous comprenons un objet sans le voir, nos sens nous en assurent ensuite. Ce sont les idées abstraites qui font les abstractions des choses. Le mouvement, par exemple, ne seroit pas le mouvement, sans la comparaison que l'esprit fait du présent au passé. L'ame et ses opérations se montrent donc toujours les premières, et les corps ne viennent qu'ensuite. Ce fait, d'une vérité rigoureuse, est contraire aux rapports des sens, qui ne voient que la matière, ou qui passent de celle-ci à l'esprit, au lieu de descendre de l'esprit aux corps. Or, si l'ame se retrouve par-tout séparée de la matière, elle a donc une existence réelle (2) ; donc, etc. etc.

De cette preuve de l'existence de l'ame, et conséquemment de son immortalité, nous allons faire naître cette autre preuve :

Le monde métaphysique n'existe point dans la nature-matière.

---

(1) Saint-August. *de Immort. Anim.*

(2) Phéd. *de Mos.*

Les nombres, comme la pensée les considère, sont hors de la nature où il ne peut y avoir que des unités. Cet incompréhensible mystère des appositions de chiffres, qui fournissent des quantités abstraites, croissant ou diminuant dans des rapports donnés, ce mystère, disons-nous, n'est point dans l'ordre physique.

Or donc, le monde métaphysique étant placé hors de la matière, ce monde doit être ou un univers intellectuel existant à part, ou seulement une modification de l'ame. Dans les deux cas, l'immortalité de l'ame est prouvée ; car l'homme purement matériel ne pourroit concevoir hors de la matière, un monde métaphysique et éternel, ni encore moins avoir au-dedans de lui quelque chose qui renfermât un monde de pensées abstraites et de vérités éternelles.

« Par l'esprit humain, dit Cicéron (1), tel qu'il est, nous devons juger qu'il y a quelqu'autre intelligence supérieure et divine. Car, *d'où viendroit à l'homme*, dit Socrate dans Xénophon, *l'entendement dont il est doué?* On voit que c'est à un peu de terre, d'eau, de feu et d'air, que nous devons les parties solides de notre corps, la chaleur et l'humidité qui y sont répandues, le souffle même qui nous anime. Mais, ce qui est bien au-dessus de

---

(1) *De Nat. Deor. II.* 6, 7. *Trad. de d'Oliv.*

tout cela, j'entends la raison, et pour le dire en plusieurs termes, l'esprit, le jugement, la pensée, la prudence, où l'avons-nous pris ?

« On ne peut absolument trouver sur la terre (1), l'origine des ames : car il n'y a rien dans les ames, qui soit mixte et composé ; rien qui paroisse venir de la terre, de l'eau, de l'air, ou du feu. Tous ces élémens n'ont rien qui fasse la mémoire, l'intelligence, la réflexion ; qui puisse rappeler le passé, prévoir l'avenir, embrasser le présent. Jamais on ne trouvera d'où l'homme reçoit ces divines qualités, à moins que de remonter à un Dieu. Par conséquent l'ame est d'une nature singulière, qui n'a rien de commun avec les élémens que nous connoissons. Quelle que soit donc la nature d'un être qui a sentiment, intelligence, volonté, principe de vie : cet être-là est céleste, il est divin, et dès-là immortel. »

« Je comprends bien, ce me semble (2), de quoi et comment ont été produits le sang, la bile, la pituite, les os, les nerfs, les veines, et généralement tout notre corps, tel qu'il est. L'ame elle-même, si ce n'étoit autre chose dans nous que le principe de la vie, me paroîtroit un effet purement naturel, comme ce qui fait vivre à leur manière la vigne et l'arbre. Et si l'ame humaine n'avoit en partage que

(1) Frag. *de Conval.*

(2) *Tuscul. I.* 24 et 25.

l'instinct de se porter à ce qui lui convient, et de fuir ce qui ne lui convient pas, elle n'auroit rien de plus que les bêtes. »

« Mais ses propriétés sont, premièrement, une mémoire capable de renfermer en elle-même une infinité de choses. »

« Voyons ce qui fait la mémoire (1), et d'où elle procède. Ce n'est certainement ni du cœur, ni du cerveau, ni du sang, ni des atômes. Je ne sais si notre ame est de feu ou d'air; et je ne rougis point, comme d'autres, d'avouer que j'ignore ce qu'en effet j'ignore. Mais, qu'elle soit divine, j'en jurerois, si, dans une matière obscure, je pouvois parler affirmativement. Car enfin, je vous le demande, la mémoire vous paroît-elle n'être qu'un assemblage de parties terrestres, qu'un amas d'air grossier et nébuleux? Si vous ne savez ce qu'elle est, du moins vous voyez de quoi elle est capable. Eh bien! dirons-nous qu'il y a dans notre ame une espèce de réservoir, où les choses que nous confions à notre mémoire, se versent comme dans un vase? Proposition absurde : car peut-on se figurer que l'ame seroit d'une forme à loger un réservoir si profond? Dirons-nous que l'on grave dans l'ame comme sur la cire, et qu'ainsi le souvenir est l'empreinte, la trace de ce qui a été gravé dans l'ame? Mais des paroles et des idées peuvent-elles laisser des

(1) *Tuscul. I.* 24 et 25.

traces ? Et quel espace ne faudroit-il pas, d'ailleurs, pour tant de traces différentes ?

« Qu'est-ce que cette autre faculté, qui s'étudie à découvrir ce qu'il y a de caché, et qui se nomme intelligence, génie ? Jugez-vous qu'il ne fût entré que du terrestre et du corruptible dans la composition de cet homme, qui le premier imposa un nom à chaque chose ? Pythagore trouvoit à cela une sagesse infinie. Regardez-vous comme pétri de limon, ou celui qui a rassemblé les hommes, et leur a inspiré de vivre en société ? Ou celui qui dans un petit nombre de caractères, a renfermé tous les sons que la voix forme, et dont la diversité paroissoit inépuisable ? Ou celui qui a observé comment se meuvent les planètes; et qu'elles sont tantôt rétrogrades, tantôt stationnaires ? Tous étoient de grands hommes, ainsi que d'autres encore plus anciens, qui enseignèrent à se nourrir de bled, à se vêtir, à se faire des habitations, à se procurer les besoins de la vie, à se précautionner contre les bêtes féroces : c'est par eux que nous fûmes apprivoisés et civilisés. Des arts nécessaires, on passa ensuite aux beaux arts. On trouva, pour charmer l'oreille, les règles de l'harmonie. On étudia les étoiles, tant celles qui sont fixes, que celles qu'on appelle errantes, quoiqu'elles ne le soient pas. Quiconque découvrit les diverses révolutions des astres, fit voir par-là que son esprit tenoit de celui qui les a formés dans le ciel. »

X.

Plusieurs auteurs ont prouvé, et en particulier le médecin Nieuwentyt, que les bornes dans lesquelles nos sens sont renfermés, sont les véritables limites qui leur conviennent. . . . . p. 232.

« Mais si tout ce que nous avons dit concernant les sens ne suffit pas pour convaincre un incrédule, avançons encore un peu, et faisons voir que les bornes mêmes, dans lesquelles l'étendue du pouvoir de nos sens extérieurs se trouve renfermée, contribuent aussi à nous rendre plus heureux, que si leur pouvoir s'étendoit beaucoup plus loin, comme cela s'est trouvé dans ces derniers siècles, avec le secours de certains instrumens. »

« Supposons que nos yeux aient le pouvoir de distinguer les objets qu'ils ne sauroient voir sans le microscope, il est vrai qu'ils nous feroient voir un monde de créatures nouvelles; une goutte d'eau dans laquelle on auroit fait tremper du poivre, ou une goutte de vinaigre, ou de matière séminale, nous paroîtroit comme un lac, ou une rivière pleine de poissons; l'écume des liqueurs puantes et corrompues nous paroîtroit un champ couvert de fleurs et de plantes; le fromage paroîtroit un composé de grosses araignées couvertes de poils : il en seroit de même à proportion d'une infinité d'autres choses; mais il est aussi aisé de concevoir le dégoût, que la vue de ces insectes produiroit pour beaucoup de choses, qui d'ailleurs sont très-bonnes et très-utiles en elles-mêmes. J'ai vu des personnes faire des éclats de rire à la vue des petits animaux qui s'offrent dans un morceau de fromage, par le moyen d'un microscope, et retirer vîtement leurs mains, lorsque quelqu'un de ces insectes venoit à tomber, de crainte qu'il ne tombât sur eux; mais d'autres faisoient des réflexions plus sérieuses sur la sagesse de Dieu, qui a bien voulu cacher ces choses aux yeux des ignorans et des personnes craintives, et les manifester à d'autres par le moyen des microscopes, afin que les moyens nécessaires ne manquassent point à ceux qui tâchent de pénétrer dans ces merveilles. »

« Les philosophes incrédules oseroient-ils jamais souhaiter que leurs yeux eussent les propriétés des meilleurs microscopes, supposé qu'ils en connussent la nature et le fondement? Et se croiroient-ils plus heureux en voyant des objets si petits qui grossiroient jusqu'à ce point-là, tandis qu'en même temps tout ce qui leur tomberoit sous les yeux, n'occuperoit pas plus d'espace qu'un grain de sable? Ils ne sauroient voir aucun objet distinctement, à moins qu'ils ne fussent à une très-petite distance de l'œil, à un ou deux pouces, par exemple. Quant aux autres objets plus éloignés, comme les hommes, les bêtes, les arbres et les plantes, pour ne rien dire du soleil, de la lune et des étoiles, ces corps où brille la majesté de l'Être suprême, ils leur seroient entièrement invisibles, ou ils ne les verroient que dans une grande confusion, si tout cela se trouvoit ainsi, et si nos yeux tout seuls pouvoient pénétrer aussi avant que lorsqu'ils sont armés de bons microscopes. Tous ceux qui en ont fait l'expérience, conviennent que par leur moyen on peut voir des corps composés d'un millier de petites parties; d'où il s'ensuit que, pour bien voir chaque chose jusqu'à ses particules primitives, la vue doit encore s'étendre infiniment plus loin qu'elle ne s'étend avec le secours des meilleurs microscopes. »

« D'un autre côté, supposons que nos yeux soient de grands télescopes, semblables à ceux dont nous nous servons pour observer tant de nouvelles étoiles dans les cieux, et pour faire tant de nouvelles découvertes dans le soleil, la lune et les étoiles; ils seroient encore sujets à cet inconvénient, c'est qu'ils ne seroient presque d'aucun usage pour voir les objets qui nous environnent, et ils nous priveroient aussi de la vue des autres objets qui sont sur la terre, parce que nous verrions les vapeurs et les exhalaisons qui s'élèvent continuellement, et qui, comme des nuages épais, nous cacheroient tous les autres objets visibles : cela n'est que trop connu de ceux qui se servent de ces instrumens. »

« De même, si l'odorat étoit aussi fin et aussi délicat dans les hommes, qu'il paroît l'être dans de certains chiens de chasse, il n'est personne, il n'est aucune créature qui pût nous joindre; et il nous seroit impossible de passer par les endroits où elles auroient passé, sans ressentir de fortes impressions des corpuscules qui en partent : mille distractions partageroient malgré nous notre attention; et lorsque nous serions obligés de nous appliquer à des objets plus relevés, nous serions obligés de nous fixer à des choses méprisables. »

« Si notre langue étoit d'un tissu si délicat qu'elle nous fît trouver autant de goût dans les choses qui n'en ont presque pas, que dans celles dont le goût est aussi fort que celui des ragoûts ou des épiceries, il n'est personne qui n'avouât que cela seul suffiroit pour nous rendre les alimens très-désagréables, après que nous en aurions mangé seulement deux ou trois fois. »

« L'oreille pourroit-elle distinguer tous les sons avec la même exactitude qu'elle les distingue à présent, lorsque, par le moyen d'un porte-voix, quelqu'un parle doucement dans son extrémité la plus évasée, ou feroit-on plus d'attention à un grand nombre de choses? On n'en feroit certainement pas plus que lorsque nous nous trouvons au milieu d'un bruit confus et d'un grand nombre de voix, au milieu du bruit des tambours et du canon. Ceux qui ont été témoins des inconvéniens que souffrent les malades qui ont l'ouïe trop fine, n'auront pas de peine à être convaincus de cette vérité. »

« Si dans toutes les parties de notre corps le toucher étoit aussi délicat que dans les endroits extrêmement sensibles et dans les membranes des yeux, ne faut-il pas avouer que nous serions bien malheureux et que nous souffririons de grandes douleurs, lors même qu'une plume très-légère nous toucheroit? »

« Enfin, peut-on réfléchir sur tout cela, sans reconnoître la bonté de celui qui en est l'auteur, qui non-seulement nous a donné des organes aussi nobles que nos sens extérieurs, sans quoi il ne seroit pas à préférer à un morceau de bois; mais qui a même, par un effet de son adorable sagesse, renfermé nos sens dans certaines bornes, sans lesquelles ils ne nous auroient servi que d'embarras, et il nous auroit été impossible d'examiner mille objets de plus grande conséquence. »

Fin de l'Appendice du premier volume.

son extrémité la plus [illegible], qui mérite plus d'attention à un grand nombre de choses? On n'en fera [illegible] pas plus que lorsque nous nous trouvons au milieu d'un bruit continuel et d'un grand nombre de voix, au milieu du bruit des [illegible] et du [illegible]. Ceux qui ont été témoins des [illegible] de souffrir les malades [illegible], n'auront pas de peine à [illegible] de cette vérité.»

« Si donc [illegible] notre corps le toucher étoit aussi [illegible] que dans les endroits [illegible] sensibles [illegible] dans les membranes [illegible] pas avouer que nous serions bien malheureux et que nous souffririons de grandes douleurs, lors même qu'une plume très-légère nous toucheroit? »

« Enfin, peut-on [illegible] sur tout cela, sans reconnoître [illegible] la bonté [illegible] qui en est l'auteur, qui non-seulement nous a donné des organes [illegible] extérieurs, sans quoi il [illegible] à un morceau de bois [illegible] par un effet de son [illegible] donné une sens dans [illegible] lesquelles ils ne nous auroient [illegible] d'animaux, et il nous auroit [illegible] mille objets de plus [illegible].

[illegible]

APPENDICE
DU GÉNIE
DU CHRISTIANISME,

TOME SECOND.

I.

Il haïssoit les Sophistes. . . . . . . p. 43

« Les véritables philosophes n'auroient pas prétendu, comme l'auteur du *Systême de la nature*, que le jésuite Néedham eût créé des anguilles, et que Dieu n'avoit pu créer l'homme. Néedham ne leur auroit pas paru philosophe ; et l'*auteur du Systême de la nature* n'eût été regardé que comme un discoureur par l'empereur Marc-Aurèle. » (*Quest. encycl.* tom. 6, *art. philosoph.*) . . . .

Dans un autre endroit, combattant les Athées, il dit, à propos des Sauvages qu'on croyoit sans Dieu :

« Mais on peut insister, on peut dire ils vivent en société, et ils sont sans Dieu ; donc on peut vivre en société sans religion. »

« En ce cas, je répondrai que les loups vivent ainsi ; et que ce n'est pas une société qu'un assemblage de barbares anthropophages, tels que vous les supposez : et je vous demanderai toujours si, quand vous avez prêté votre argent à quelqu'un de votre société, vous voudriez que ni votre débiteur, ni votre procureur, ni votre notaire, ni votre juge ne crussent en Dieu ? » (*Ib. tom.* 2, *art. ath.*)

Tout cet article sur l'athéisme mérite d'être parcouru. En politique, *Voltaire* montre la même dignité de toutes ces vaines théories qui troublent le monde. « Je n'aime point le gouvernement de la canaille, répète-t-il en cent endroits. » (*voyez les lettres au roi de Prusse.*) Ses plaisanteries sur les républiques populacières, son indignation contre les excès des peuples, tout enfin dans ses ouvrages prouve qu'il haïssoit de bonne foi les charlatans de la philosophie.

II.

Virgile avoit une difficulté de prononciation. . . . . p. 99.

Sermone tardissimum ac penè in docto similem Melissus tradidit. (In vit. Virgil.)

III.

La révolution nous a enlevé un homme qui promettoit un rare talent dans l'églogue, c'étoit M. André Chénier. . . . . p. 142.

Voici quelques fragmens que nous avons retenus de mémoire, et qui semblent être échappés à un poëte Grec, tant ils sont pleins du goût de l'antiquité.

Accours, jeune Chromis, je t'aime et je suis belle,
Blanche comme Diane, et légère comme elle,
Comme elle, grande et fière; et les bergers, le soir,
Lorsque, les yeux baissés, je passe sans les voir,
Doutent si je ne suis qu'une simple mortelle;
Et, me suivant des yeux, disent: comme elle est belle!

Néere, ne vas point te confier aux flots,
De peur d'être déesse; et que les matelots
N'invoquent, au milieu de la tourmente amère,
La blanche Galathée et la blanche Néere.

Une autre idylle, intitulée le *Malade*, trop longue pour être citée, est pleine des beautés les plus touchantes. Le fragment qui suit est d'un genre différent: par la mélancolie dont il est empreint, on diroit qu'André Chénier, en le composant, avoit un pressentiment de sa destinée.

Souvent las d'être esclave et de boire la lie
De ce calice amer que l'on nomme la vie;

Las du mépris des sots qui suit la pauvreté,
Je regarde la tombe, asyle souhaité;
Je souris à la mort volontaire et prochaine:
Je me prie, en pleurant, d'oser rompre ma chaîne.
. . . .
Et puis mon cœur s'écoute et s'ouvre à la foiblesse,
Mes parens, mes amis, l'avenir, ma jeunesse,
Mes écrits imparfaits, car à ses propres yeux
L'homme sait se cacher d'un voile spécieux.
A quelque noir destin qu'elle soit asservie,
D'une étreinte invincible il embrasse la vie:
Il va chercher bien loin, plutôt que de mourir,
Quelque prétexte ami pour vivre et pour souffrir.
Il a souffert, il souffre: aveugle d'espérance,
Il se traîne au tombeau de souffrance en souffrance;
Et la mort, de nos maux le remède si doux,
Lui semble un nouveau mal, le plus cruel de tous.

Les écrits de ce jeune homme, ses connoissances variées, son courage, sa noble proposition à M. de Malsherbes, ses malheurs et sa mort, tout sert à répandre le plus vif intérêt sur sa mémoire. Il est remarquable que la France a perdu sur la fin du dernier siècle trois beaux talens à leur aurore: Malfilâtre, Gilbert et André Chénier; les deux premiers sont morts de misère, le troisième a péri sur l'échafaud.

I V.

La poésie que nous appelons descriptive *a été inconnue de l'antiquité*. . . . . . p. 218.

Nous ne voulons qu'éclaircir ce mot *descriptif*, afin qu'on ne l'interprète pas dans un sens différent que celui que nous lui donnons. Quelques personnes ont été choquées de notre assertion, faute d'avoir bien compris ce que nous voulions dire. Certainement les poëtes de l'antiquité ont été des *descriptives*, il seroit absurde de le nier ; mais ce genre de *description* est totalement différent du nôtre ; ils ont peint les *mœurs*, nous peignons les *choses* ; Virgile décrit la *maison rustique*, et Thomson les *bois* et *les déserts*. Quand les anciens ont dit quelques mots d'un paysage, ce n'a jamais été que pour y placer des personnages et faire rapidement un fond de tableau ; mais ils n'ont jamais représenté exprès, comme nous, les fleuves, les montagnes et les forêts ; c'est tout ce que nous prétendons dire ici. Peut-être objectera-t-on que les anciens avoient raison de regarder la poésie descriptive comme accessoire et non comme objet principal ; je le pense aussi, et l'on a fait de nos jours un grand abus du genre descriptif ; mais il n'en est pas moins vrai que c'est un moyen de plus entre nos mains, et qu'il a étendu la sphère des images poétiques, sans nous priver de la peinture des mœurs et des passions, telle que l'avoient les anciens.

V.

Le Polythéisme étoit totalement séparé de la morale. . . . . p. 218.

Comme la philosophie du jour loue précisément le polythéisme d'avoir fait cette séparation, et blâme le christianisme d'avoir uni les forces morales aux forces religieuses, je ne croyois pas que cette proposition pût être attaquée. Cependant un homme de beaucoup d'esprit et de goût, et à qui l'on doit toute déférence, a paru douter de l'assertion. Il m'a objecté la personnification des êtres moraux, comme la sagesse dans Minerve, etc.

Il me semble, sauf erreur, que les personnifications ne prouvent pas que la morale fût unie à la religion dans le polythéisme. Sans doute en adorant tous les vices divinisés, on adoroit aussi les vertus; mais le prêtre enseignoit-il la morale dans les temples et chez les pauvres? Son ministère consistoit-il à consoler les malheureux par l'espoir d'une autre vie, à inviter le pauvre à la vertu, le riche à la charité? Que s'il y avoit quelque morale attachée au culte de la déesse de la justice, de la sagesse, cette morale n'étoit-elle pas presqu'absolument détruite, et sur-tout pour le peuple, par le culte des plus infâmes divinités? Tout ce qu'on pourroit dire, c'est qu'il y avoit quelques sentences gravées sur le frontispice et sur les murs des temples, et qu'en général le prêtre et le législateur recommandoient au peuple la crainte des dieux. Mais cela ne suffit pas pour prouver que la profession de la morale, fût essentiellement liée au polythéisme, quand tout démontre au contraire qu'elle en étoit séparée.

Les moralités qu'on trouve dans Homère sont presque toujours indépendantes de l'action céleste; c'est une simple réflexion que le poëte fait sur l'événement qu'il raconte, ou la catastrophe qu'il décrit. S'il personnifie les remords, la colère divine, etc., s'il peint le coupable au Tartare, et le juste aux Champs-Elysées, ce sont sans doute de belles fictions, mais qui ne constituent pas un code moral uni au polythéisme, comme l'évangile l'est à la religion chrétienne. Otez l'évangile à J. C., et le christianisme n'existe plus; enlevez aux anciens l'allégorie de Minerve, de Thémis, de Némésis, et le polythéisme existe encore. Il est certain d'ailleurs qu'un culte qui n'admet qu'un seul Dieu, doit s'unir étroitement à la morale, parce qu'il est uni à la vérité; tandis qu'un culte qui reconnoît la pluralité des

Dieux, s'écarte nécessairement de la morale, en se rapprochant de l'erreur.

Quant à ceux qui font un crime au christianisme d'avoir ajouté la force morale à la force religieuse, ils trouveront ma réponse dans le dernier chapitre de cet ouvrage, où je montre qu'au défaut de l'esclavage antique, les peuples modernes doivent avoir un frein puissant dans leur religion.

V I.

C'est ce que prouvent les poëmes sanscrits, les contes Arabes, les Edda, les chansons des Nègres et des Sauvages. . . . . . (p. 228.)

POÉSIES SANSCRITES. *Sacontala.*

ECOUTEZ, ô vous arbres de cette forêt sacrée! écoutez et pleurez le départ de Sacontala, pour le palais de l'époux. Sacontala! celle qui ne buvoit point l'onde pure avant d'avoir arrosé vos tiges; celle qui, par tendresse pour vous, ne détacha jamais une seule feuille de votre aimable verdure, quoique ses beaux cheveux en demandassent une guirlande; celle qui mettoit le plus grand de tous ses plaisirs dans cette saison qui entremêle de fleurs vos flexibles rameaux.

Chœur des Nymphes des bois.

Puissent toutes les prospérités accompagner

ses pas! puissent les brises légères disperser, pour ses délices, la poussière odorante des fleurs! puissent les lacs d'une eau claire et verdoyante sous les feuilles du lotos, la rafraîchir dans sa marche! puissent de doux ombrages la défendre des rayons brûlans du soleil! (*Robertson's indie*).

Poésie Erse.

Chant des Bardes; *First Bard.*

Night is dull and dark; the clouds rest on the hills no star with green trembling beam: no moon looks from the sky. I hear the blast in the wood; but I hear it distant far. The stream of the valley murmurs; but its murmur is sullen and sad. From the tree at the grave of the dead, the long-howling owl is heard. I see a dim form on the plain! It is a gohst! It fades, it flies. Some funeral shall pass this way. The meteor marks the path.

The distant dog is howling from the hut of the hill, the stag lies on the mountain moss: the hind is at his side. She hears the wind in his branchy horns. She starts, but lies again.

The roe is in the clift of the rock. The heath-cock's head is beneath his wing. No beast, no bird is abroad, but the owl and the owling fox. She on a leastless tree : he in a cloud on the hill.

Dark, panting, trembling, sad, the traveller has lost his way. Through shrubs, through thorns, he goes, along the gurgling rill he fears the rocks and the fan. He fears the ghost of night. The old tree groans to the blast. The failling branch resounds. The wind drives the withered burs, clung together, along the grass. It is the light tread of a ghost! he trembles amidst the night.

Dark, dusky, howling is night; Cloudy, Windy and full of ghosts! the dead are abroad! my friends, recive me from the night. (*Ossian.*)

Chanson Nègre ou Madecasse.

Nahandóve, ô belle Nahandove! l'oiseau nocturne a commencé ses cris, la pleine lune brille sur ma tête, et la rosée naissante humecte mes cheveux. Voici l'heure : qui peut t'arrêter, Nahandove, ô belle Nahandove?

Le lit de feuilles est préparé ; je l'ai parsemé de fleurs et d'herbes odoriférantes ; il est digne de tes charmes, Nahandove, ô belle Nahandove! (*OEuvres de Parny.*)

VII.

Il apostrophe le soleil. . . . . p. 259.

IMITATION DE VOLTAIRE.

« TOI sur qui mon tyran prodigue ses bienfaits,
Soleil ! astre de feu, jour heureux que je hais,
Jour qui fais mon supplice, et dont mes yeux s'étonnent;
Toi qui sembles le dieu des cieux qui t'environnent,
Devant qui tout éclat disparoît et s'enfuit,
Qui fais pâlir le front des astres de la nuit,
Image du Très-Haut qui régla ta carrière,
Hélas ! j'eusse autrefois éclipsé ta lumière !
Sur la voûte des cieux élevé plus que toi,
Le trône où tu t'assieds s'abaissait devant moi;
Je suis tombé, l'orgueil m'a plongé dans l'abyme.
Hélas ! je fus ingrat, c'est-là mon plus grand crime.
J'osai me révolter contre mon Créateur :
C'est peu de me créer, il fut mon bienfaiteur.
Il m'aimait; j'ai forcé sa justice éternelle
D'appesantir son bras sur ma tête rebelle :
Je l'ai rendu barbare en sa sévérité;
Il punit à jamais, et je l'ai mérité.
Mais si le repentir pouvoit obtenir grace !...
Non, rien ne fléchira ma haine et mon audace;
Non, je déteste un maître, et sans doute il vaut mieux
Régner dans les enfers qu'obéir dans les cieux. »

VIII.

Elle avoit la bouche... d'une Vierge. p. 269.

Virginis os habitumque gerens; os, bouche, se prend souvent pour l'*air*, le visage; j'ai préféré le sens propre, comme plus Virgilien.

IX.

Le Purgatoire offre aux poëtes chrétiens un genre de merveilleux inconnu de l'antiquité.

Le Dante a répandu quelques beaux traits dans son Purgatoire; mais son imagination si féconde dans les tourmens de l'Enfer, n'a plus la même abondance quand il faut peindre des peines mêlées de quelques joies. Cependant cette aurore qu'il trouve au sortir du Tartare, cette lumière qu'il voit passer rapidement sur la mer, ont du vague et de la fraîcheur.

Dolce color d'oriental zafiro
Che s'accoglieva nel sereno aspetto
De l'aer puro infin' al primo gero.

A gli occhi miei ricominciò diletto
Tosto che di uscir fuor de l'aura morta;
Che m'havea contristati gli occhi e'l petto.

Lo bel pianeta, ch'al amar conforte;
Faceva tutto rider l'oriente
Velando i pesci, ch'erano in sua scorta.

Mi vols'a man destra; et posi mente
A l'altro polo; et vidi quattro stelle
Non viste mai fuor ch'a la prima gente.

Goder pareva'l ciel di lor fiammelle,
O settentrional vedovo sito,
Poi che privato se di mirar quelle.

Com'i da loro sguardo fui partito
Un poco me volgendo a l'altro polo
Là, onde'l carro gia era sparito.

Vidi presso di me un veglio solo
Degno di tanta reverentia in vista;
Che piu non dee a prade alcun figliuolo.

Lunga le barba, et di pel bianco mista
Portava a suoi capeli simigliante;
De' quai cadeva al petto doppia lista.

Li Raggi de le quattre luci sante
Fregiavan si la sua faccia di lume;
Ch'io'l vedea come'l sol fosse davante.

. . . .
. . . .
. . . .

Venimmo poi in sublito diserto:
Che mai non vide navicar su acque
Huom, che di ritornar sie poscia esperto.

. . . .
. . . .
. . . .

Gia era 'l sole a l'orizonte giunto.
Il cu' meridian cerchio coverchia
Gierusalem col su' piu alto punto;

Et la notte, ch' opposit' e lui cerchia,
Uscia di Gange fuor con le biluance,
Che le caggion di man, quando soverchia;

Si che le bianche et le vermiglie guance
Là, dov't era, de la bell' aurora
Per troppa etate divenivan rance.

Noi eravam lungh' esso'l mare ancora,
Come gente, ch' aspetta su camino;
Che va col cuor, et col corpo dimora:

Et ecco, qual sul presso del mattino
Per li grossi vapor morte rosseggia
Giu nel ponente sovra'l suol marino:

Cotal m'apparue, sancor lo veggia,
Un lume per lo mar venir si ratto,
Ch' el muover su nessun volar pareggia;

Del qual com'i un poco hebbi ritratto
L'occhio, per dimandar lo Duca mio,
Rividi'l piu lucente et maggior fatto.

Purgatorio di Danto, canto I et II.

Fin de l'Appendice du second volume.

APPENDICE
DU GÉNIE
DU CHRISTIANISME,

TOME TROISIÈME.

I.

Pausanias, Pline et Plutarque, nous ont conservé la description des tableaux de l'Ecole Grecque. . . . . . . p. 15

VOICI le catalogue de Pline.

Peintres des trois grandes Ecoles Ionique, Sicyonienne *et* Attique.

Polygnote de Thasos peignit un guerrier avec son bouclier. Il peignit de plus le temple de Delphes, et le portique d'Athènes, en concurrence avec Mylon.

Apollodore d'Athènes. Un prêtre en adoration. Ajax tout enflammé des feux de la foudre.

Xeuxis. Une Alcmène. Un dieu Pan. Une Pénélope. Un Jupiter assis sur son trône, et entouré des dieux qui sont debout. Hercule enfant, étouffant deux serpens, en présence d'Amphitrion et d'Alcmène, qui pâlit d'effroi. Junon Sacinienne. Le Tableau des raisins. Une Hélène et un Marsias.

Parrhasius. Le rideau. Le peuple d'Athènes personnifié. Le Thésée. Méléagre. Hercule et Persée. Le Grand-Prêtre de Cybèle. Une nourrice Crétoise avec son enfant. Un Philoctète. Un dieu Bacchus. Deux enfans accompagnés de la Vertu. Un Pontife assisté d'un jeune garçon, qui tient une boëte d'encens, et qui a une couronne de fleurs sur la tête. Un coureur armé, courant dans la lice. Un autre coureur armé, déposant ses armes à la fin de la course. Un Enée. Un Achille. Un Agamemnon. Un Ulysse. Un Ajax, disputant à Ulysse l'armure d'Achille.

Timanthe. Sacrifice d'Iphigénie. Poliphème endormi, dont de petits satyres mesurent le pouce avec un thyrse.

Pamphyle. Un combat devant la ville de Phlius. Une victoire des Athéniens. Ulysse dans son vaisseau.

Echion. Un Bacchus. La Tragédie et la Comédie personnifiées. Une Sémiramis. Une vieille qui porte deux lampes devant une nouvelle mariée.

Apèles. Campaspe nue, sous les traits

de Vénus Anadiomède. Le roi Antigone. Alexandre tenant un foudre. La pompe de Mégabyse, pontife de Diane. Clitus partant pour la guerre, et prenant son casque des mains de son écuyer. Un Habron, ou homme efféminé. Un Ménandre, roi de Carie. Un Ancée. Un Gorgosthein le tragédien. Les Dioscures. Alexandre et la Victoire. Bellone enchaînée au char d'Alexandre. Un héros nu. Un cheval. Un Néoptolème combattant à cheval contre les Perses. Archéloüs avec sa femme et sa fille. Antigonus armé. Diane dansant avec de jeunes filles. Les trois tableaux connus sous le nom de l'Éclair, du Tonnerre et de la Foudre.

Aristide de Thèbes. Une ville prise d'assaut, et pour sujet, une mère blessée et mourante. Bataille contre les Perses. Des Quadriges en course. Un suppliant. Des chasseurs avec leur gibier. Le portrait du peintre Léontion. Biblis. Bacchus et Ariane. Un tragédien, accompagné d'un jeune garçon. Un vieillard qui montre à un enfant à jouer de de la lyre. Un malade.

Protogène. Le Lialyssus. Un satyre mourant d'amour. Un Cydippe. Un Tlépolème. Un Philisque méditant. Un athlète. Le roi Antigonus. La mère d'Aristote. Un Alexandre. Un Pan.

Asclépiodore. Les douze grands Dieux.

Nicomaque. L'enlèvement de Proserpine. Une Victoire s'élevant dans les airs sur un char. Un Ulysse. Un Apollon. Une Diane. Une Cybèle assise sur un lion. Des bacchantes et des satyres. La Scylla.

Philoxène d'Erétrie. La bataille d'Alexandre contre Darius. Trois Sylènes.

Genre grotesque et peinture à fresque.

Ici Pline parle de Pyreicus, qui peignit dans une grande perfection des boutiques de barbiers, de cordonniers, des ânes, etc. C'est l'Ecole Flamande. Il dit ensuite qu'Auguste fit représenter sur les murs des palais et des temples, des paysages et des marines. Parmi les peintures à fresque de ce genre, la plus célèbre étoit connue sous le nom de *Marachers*. C'étoient des paysans à l'entrée d'un village, faisant prix avec des femmes pour les porter sur leurs épaules à travers une marre, etc. Ce sont les seuls paysages dont il soit fait mention dans l'antiquité, et encore n'étoit-ce que des peintures à fresque. Nous reviendrons dans une autre note sur ce sujet.

Peintures en caustique.

Pausanias de Sicyone. L'Héméresios, ou

l'enfant. Glicère, assise et couronnée de fleurs. Un hécatombe.

Euphranor. Un combat équestre. Les douze Dieux. Thésée. Un Ulysse contrefaisant l'insensé. Un guerrier remettant son épée dans le fourreau.

Cydias. Les Argonautes.

Antidotas. Le champion armé du bouclier. Le lutteur et le joueur de flûte.

Nicias Athénien. Une forêt Némée personnifiée. Un Bacchus. L'hyacinthe. Une Diane. Le tombeau de Mégabyse. La nécromancie d'Homère. Calypso. Io et Andromède. Alexandre. Calypso assise.

Athénion. Un Phylarque. Un Syngénicon. Un Achille déguisé en fille. Un palefrenier avec un cheval.

Limonaque de Bizance. Ajax. Médée. Oreste. Iphigénie en Tauride. Un Lecythion ou maître à voltiger. Une famille noble. Une Gorgonne.

Aristolaüs. Un Epaminondas. Un Périclès. Une Médée. La Vertu. Thésée. Le peuple Athénien personnifié. Un hécatombe.

Socratès. Les filles d'Esculape, Hygie, Eglé, Panacée, Laso. OEnos, ou le cordier fainéant.

Antiphile. L'enfant soufflant le feu. Les fileuses au fuseau. La chasse du roi Ptolémée, et le Satyre aux aguets.

Aristophon. Ancée blessé par le sanglier de Calydon. Un tableau allégorique de Priam et d'Ulysse.

Artemon. Danaé et les Corsaires. La reine Stratonice. Hercule et Déjanire. Hercule au Mont-Æta. Laomédon.

Pline continue à nommer environ une quarantaine de peintres inférieurs, dont il ne cite que quelques tableaux.

Pline, Lib. 35.

Nous n'avons à opposer à ce catalogue que celui que tous les lecteurs peuvent se procurer au *Museum*. Nous observerons seulement que la plupart de ces tableaux antiques sont des portraits ou des tableaux d'histoire ; et que pour être impartial, il ne faut mettre en parallèle avec des sujets chrétiens, que des sujets mythologiques.

II.

C'est aussi la religion qui nous a donné les Claude Lorain, comme elle nous a fourni les Delille et les Saint-Lambert. . . p. 17.

Le catalogue que Pline nous a laissé des tableaux de l'antiquité, n'offre pas un seul tableau de paysage. Si l'on en excepte les peintures à fresque, il se peut faire que quelques-uns des tableaux des grands maîtres eussent un arbre, un rocher, un coin de vallon ou de forêt, un courant d'eau dans le second ou troisième plan; mais cela ne constitue pas le paysage proprement dit, et tel que nous l'ont donné les Lorain et les Berghem.

Dans les antiquités d'Herculanum, on n'a rien trouvé qui pût porter à croire que l'ancienne école de peinture eût des paysagistes. On voit seulement dans le *Thélèphe*, une femme assise, couronnée de guirlandes, appuyée sur un panier rempli d'épis, de fruits et de fleurs. Hercule est vu par le dos, debout devant elle, et une biche allaite un enfant à ses pieds. Un Faune joue de la flûte dans l'éloignement, et une femme ailée fait le fond de la figure d'Hercule. Cette composition est gracieuse; mais ce n'est pas là encore le véritable paysage, le paysage *nu* et représentant seulement un accident de la nature.

Quoique Vitruve prétende qu'Anaxagore et Démocrite avoient parlé de la perspective en traitant de la scène grecque, on peut encore douter que les anciens connussent cette partie de l'art, sans laquelle toutefois il ne peut y avoir de paysage. Le dessin des sujets d'Herculanum est sec, et tient beaucoup de la sculpture et des bas-reliefs. Les ombres d'un rouge mêlé de noir sont également épaisses depuis le haut jusqu'au bas de la figure, et conséquemment ne font point fuir les objets. Les fruits même, les fleurs et les vases manquent de perspective, et le contour supérieur de ces derniers ne répond pas au même horizon que leur base. Enfin, tous ces sujets tirés de la fable, que l'on trouve dans les ruines d'Herculanum, prouvent que la mythologie déroboit aux peintres le vrai paysage, comme elle cachoit aux poëtes la vraie nature.

Les voûtes des thermes de Titus, dont Raphaël étudia les peintures, ne représentoient que des personnages.

Quelques empereurs iconoclastes avoient permis de dessiner des *fleurs et des oiseaux* sur les murs des églises de Constantinople. Les Egyptiens qui avoient la mythologie grecque et latine, avec beaucoup d'autres divinités, n'ont point su rendre la nature. Quelques-unes de leurs peintures que l'on voit encore sur les murailles de leurs temples, ne s'élèvent guères pour la composition, au-delà du *faire* des Chinois.

Le père Sicard, parlant d'un petit temple situé au milieu des grottes de la Thébaïde, dit : « La voûte, les murailles, le dedans, le dehors, tout est peint, mais avec des couleurs si brillantes et si douces, qu'il faut les avoir vues pour le croire. . . . .

Au côté droit, on voit un homme debout, avec une canne de chaque main, appuyé sur un crocodile et une fille auprès de lui, ayant une canne à la main. »

« On voit à gauche de la porte, un homme pareillement debout et appuyé sur un crocodile, tenant une épée de la main droite, et de la gauche une torche allumée. Au dedans du temple, des fleurs de toutes couleurs, des instrumens de différens arts, et d'autres figures grotesques et emblématiques y sont dépeintes. On y voit aussi d'un autre côté une chasse, où tous les oiseaux qui aiment le Nil sont pris d'un seul coup de rets ; et de l'autre, on y voit une pêche, où les poissons de cette rivière sont enveloppés dans un seul filet, etc. » (*Lett. édif.*, tom. V, p. 144.)

Pour trouver des *paysages* chez les anciens, il faudroit avoir recours aux mosaïques; encore ces paysages sont-ils tous *historiés*. La fameuse mosaïque du palais des princes Barberins à Palestrine, représente dans sa partie supérieure, un pays de montagnes, avec des chasseurs et des animaux : dans la partie inférieure, le Nil qui serpente autour de plusieurs petites îles. Des Egyptiens poursuivent des crocodiles; des Egyptiennes sont couchées sous des berceaux; une femme offre une palme à un guerrier, etc.

Il y a bien loin de tout cela aux paysages de Claude Lorrain.

III.

Le même tribunal qui condamna d'abord le système de Copernic, permit, six ans après, de l'enseigner comme hypothèse. . . p. 33

L'ABBÉ Barthelemy trouva le prélat Baïardi occupé à répondre à des moines de Calabre, qui l'avoient consulté sur le systême de Copernic. « Le prélat répondoit longuement et savamment à leurs questions, exposoit les loix de la gravitation, s'élevoit contre l'imposture de nos sens, et finissoit par conseiller aux moines de ne pas troubler les cendres de Copernic. » (*Voy. en Ital.*)

I V.

Ce sont les pensées de Pascal, commentées par les éditeurs. . . . . p. 67.

On se refuse presque à croire que quelques-unes de ces notes soient de M. de Voltaire, tant elles sont au-dessous de lui. Mais on ne peut s'empêcher d'être révolté à chaque instant de la mauvaise foi des éditeurs et des louanges qu'ils se donnent entre eux. Qui croiroit, à moins de l'avoir vu imprimé, que dans une *notule*, faite sur une *note*, on appelle le commentateur, *le Secrétaire de Marc-Aurèle*, et Pascal, *le Secrétaire de Port-Royal?* Dans cent autres endroits, on force les idées de Pascal, pour le faire passer pour athée. Par exemple, lorsqu'il dit que *la raison de l'homme seule ne peut arriver à une démonstration parfaite de l'existence de Dieu*, on triomphe, on s'écrie qu'il est beau de voir M. de Voltaire prendre le parti de Dieu contre Pascal. En vérité, c'est bien se jouer du sens commun et compter sur la bonhommie du lecteur.

N'est-il pas évident que Pascal raisonne en *chrétien* qui veut presser l'argument de la *nécessité d'une révélation?* Il y a d'ailleurs quelque chose de pis que tout cela dans cette édition commentée. Il ne nous est pas démontré que les *Pensées nouvelles* qu'on y a ajoutées, ne soient pas au moins dénaturées, pour ne rien dire de plus. Ce qui autorise à le croire, c'est qu'on s'est permis de retrancher plusieurs des anciennes, et qu'on a souvent divisé les autres (sous prétexte que le premier ordre étoit arbitraire), de manière à ce qu'elles ne donnent plus le même sens. On conçoit combien il est aisé d'altérer un passage en rompant la chaîne des idées et en séparant deux membres de phrase, pour en faire deux sens complets. Il y a une adresse, une ruse, une intention cachée dans cette édition, qui l'auroient rendue dangereuse, si les notes n'avoient heureusement détruit tout le fruit qu'on s'en étoit promis.

V.

Quelques censures rigoureuses. . . . p. 93.

Je répondrai par un seul fait à toutes les objections qu'on peut me faire contre l'ancienne censure. N'est-ce pas en France que tous les ouvrages contre la religion ont été composés, vendus et publiés, et souvent même imprimés? et les grands eux-mêmes n'étoient-ils pas les premiers à les faire valoir et à les proteger? Dans ce cas, la censure n'étoit donc qu'une mesure dérisoire, puisqu'elle n'a jamais pu empêcher un livre de paroître, ni un auteur d'écrire librement sa pensée sur toute espèce de sujet : après tout, le plus grand mal qui pouvoit arriver à un écrivain, étoit d'aller passer quelques mois à la Bastille, d'où il sortoit bientôt avec les honneurs d'une persécution, qui quelquefois étoit son seul titre à la célébrité.

V I.

Une espèce de tribut payé à la corruption de la Régence . . . . p. 145.

Voici ce que M. de Montesquieu écrivoit en 1752 à l'abbé de Guasco : « Huart veut faire » une nouvelle édition des Lettres Persannes ; » mais il y a quelques *Juvenilia* que je vou» drois auparavant retoucher. »

Sous ce passage on trouve cette note de l'éditeur :

« Il a dit à quelques amis que s'il avoit eu » à donner actuellement ces lettres, il en » auroit omis quelques-unes dans lesquelles » le feu de la jeunesse l'avoit transporté : » qu'obligé, par son père, de passer toute la » journée sur le code, il s'en trouvoit le soir » si excédé, que pour s'amuser il se mettoit » à composer une Lettre Persanne, et que cela » couloit de sa plume sans étude. » (*OEuvres de Montesquieu*, tom. 7, p. 233.)

VII.

Pour y fonder leurs monastères. . . p. 154.

M. l'abbé Fleury, dans ses *Mœurs des chrétiens*, pense que les anciens monastères sont bâtis sur le plan des maisons romaines, telles qu'elles sont décrites dans Vitruve et dans Palladio. « L'église, dit-il, qu'on trouve la » première, afin que l'entrée en soit libre » aux séculiers, semble tenir lieu de cette » première salle que les Romains appeloient » *Atrium* : delà on passoit dans une cour en- » vironnée de galeries couvertes, à qui l'on » donnoit le nom de *péristile* ; c'est justement » le cloître où l'on entre de l'église, et d'où » l'on va ensuite dans les autres pièces, » comme le chapitre qui est l'*exhèdre* des » anciens ; le réfectoire qui est le *triclinium*, » et le jardin qui est derrière tout le reste, » comme il étoit aux maisons antiques. »

Fin de l'Appendice du troisième volume.

APPENDICE
DU GENIE
DU CHRISTIANISME.
TOME QUATRIÈME.

I.

Avec le soleil couchant l'Eglise chante encore. . . . . Page 12

Les offices ont emprunté leurs noms de la division du jour chez les Romains.

La première partie du jour s'appeloit *prima*, la seconde *tertia*, la troisième *sexta*, la quatrième *nona*; parce qu'elles commencèrent à la première, la troisième, la sixième et la neuvième heure. La première veille s'appeloit Vespera, *soir*.

I I.

Il ne reste donc plus qu'à justifier les rites du sacrifice. 27

« Autrefois je disais la messe avec la lé-
» gèreté qu'on met à la longue aux choses

» les plus graves, quand on les fait trop sou-
» vent. Depuis mes nouveaux principes, je
» la célèbre avec plus de vénération : je me
» pénètre de la majesté de l'être suprême,
» de sa présence, de l'insuffisance de l'es-
» prit humain, qui conçoit si peu ce qui se
» rapporte à son auteur. En songeant que
» je lui porte les vœux du peuple sous une
» forme prescrite, je suis avec soin tous les
» rits ; je récite attentivement, je m'ap-
» plique à n'omettre jamais ni le moindre
» mot, ni la moindre cérémonie. Quand
» j'approche du moment de la consécra-
» tion, je me recueille pour le faire avec
» toutes les dispositions qu'exige l'église,
» et la grandeur du sacrement ; je tâche
» d'anéantir ma raison devant la suprême
» intelligence. Je me dis : qui es-tu pour me-
» surer la puissance infinie ? Je prononce
» avec respect les mots sacramentaux, et je
» donne à leur effet toute la foi qui dépend
» de moi. Quoi qu'il en soit de ce mystère
» inconcevable, je ne crains pas qu'au jour
» du jugement, je sois puni pour l'avoir
» jamais profané dans mon cœur. »

Rousseau, Emile, tome III.

I V.

Quelle est par exemple la solemnité payenne qu'on peut opposer à la fête où l'Eglise célèbre. 32

« Les absurdes rigoristes en religion ne » connoissent pas l'effet des cérémonies ex- » térieures sur le peuple. Ils n'ont jamais » vu notre adoration de la croix le vendredi- » saint, l'enthousiasme de la multitude à la » procession de la Fête-Dieu ; enthousiasme » qui me gagne moi-même quelquefois. Je » n'ai jamais vu cette longue file de prêtres » en habits sacerdotaux, ces jeunes acolytes » vêtus de leurs aubes blanches, ceints de » leurs larges ceintures bleues, et jetant des » fleurs devant le saint-sacrement ; cette foule » qui les précède et qui les suit dans un si- » lence religieux. Tant d'hommes, le front » prosterné contre la terre. Je n'ai jamais en- » tendu ce chant grave et pathétique, en- » tonné par les prêtres, et répondu affec- » tueusement par une infinité de voix d'hom- » mes, de femmes, de jeunes filles et d'en- » fans, sans que mes entrailles ne s'en soient » émues, n'en aient tressailli, et que les lar- » mes ne m'en soient venues aux yeux. Il y a » là dedans je ne sais quoi de sombre, de

» mélancolique. J'ai connu un peintre pro-
» testant qui avoit fait un long séjour à Rome,
» et qui convenoit qu'il n'avoit jamais vu
» le souverain pontife officier dans S. Pierre
» au milieu des cardinaux et de toute la pré-
» lature romaine, sans devenir catholique.
» . . . .
» . . . .
» Supprimez tous les symboles sensibles, et
» le reste se réduira bientôt à un galimatias
» métaphysique, qui prendra autant de for-
» mes et de tournures bizarres qu'il y aura
» de têtes ».

Diderot, Essais sur la Peinture.

V.

La religion a couronné toutes les choses de l'autre vie par une cérémonie générale où elle réunit la mémoire des innombrables habitans du sépulchre. 56

Les *Feralia* des anciens Romains différoient de notre *jour des morts*, en ce qu'elles ne se célébroient qu'à la mémoire des citoyens morts dans l'année. Elles commençoient le 18 du mois de février, et duroient onze jours consécutifs. Pendant tout ce temps, les mariages étoient interdits, les sacrifices suspendus, les statues des dieux voilées, et les temples fermés. Nos services anniversaires, ceux du septième, du neuvième et du quarantième jour, nous viennent des Romains qui les tenoient eux-mêmes des Grecs. Ceux-ci avoient Εναγισμαθα, les obsèques et les offrandes qu'on faisoit pour les ames aux Dieux infernaux : νεκυσια, les funérailles; Πρανμαθα, les enterremens; Εννατα, la neuvaine; ensuite les Triacades et Triacontades, le trentième jour.

Les latins avoient *Justa*, *Exequiae*, *Inferiae*, *Parentationes*, *Novendalia*, *Denicalia*, *Februa*, *Feralia*.

Quand le mourant étoit près d'expirer, son ami, ou son plus proche parent, posoit sa bouche sur la sienne pour recueillir son dernier soupir; ensuite le corps étoit livré aux Pollineteurs, aux *Libitinaires*, aux *Vespilles*, aux *Désignateurs* chargés de le laver, de l'embaumer, de le porter au sépulchre ou au bûcher avec les cérémonies accoutumées. Les pontifes et les prêtres marchoient devant le convoi où l'on portoit les tableaux des ancêtres du mort, des couronnes et des trophées. Deux chœurs, l'un chantant des airs vifs et gais, l'autre des airs lents et tristes, précédoient la pompe. Les anciens Philosophes se figuroient que l'ame qu'ils (disoient n'être qu'une harmonie), remontoit au bruit de ces concerts funèbres dans l'Olympe, pour y jouir de la mélodie des cieux, dont elle étoit une émanation. (Vid. *Macrobe, sur le Songe de Scipion.*) Le corps étoit déposé au sépulchre, ou dans l'urne funéraire, et l'on prononçoit sur elle le dernier adieu. *Vale, vale, vale. Nos te ordine quo Natura permiserit sequemur!*

V I.

En Suisse les cimetières. 66

« Au-dessus de Brig, la vallée se transforme en un étroit et inabordable précipice dont le Rhône occupe et ravage le fond. La route s'élève sur les montagnes septentrionales, et l'on s'enfonce dans la plus sauvage des solitudes; les Alpes n'offrent rien de plus lugubre. On marche deux heures sans rencontrer la moindre trace d'habitations, le long d'un sentier dangereux, ombragé par de sombres forêts, et suspendu sur un précipice dont la vue ne sauroit pénétrer l'obscure profondeur. Ce passage est célèbre par des meurtres, et plusieurs têtes exposées sur des piques, étoient, lorsque je le traversai, la digne décoration de son affreux paysage. On atteint enfin le village de *Lax*, situé dans

» le lieu le plus désert et le plus écarté de » cette contrée. Le sol sur lequel il est » bâti, penche rapidement vers le précipice » du fond duquel s'élève le sourd mugisse- » ment du Rhône. Sur l'autre bord de cet » abîme, on voit un hameau dans une » situation pareille; les deux églises sont » opposées l'une à l'autre; et du cimetière » de l'une, j'entendois successivement les » chants des deux paroisses qui sembloient » se répondre. Que ceux qui connoissent la » triste et grave harmonie des cantiques » Allemands, les imaginent chantés dans ce » lieu, accompagnés par le murmure éloi- » gné du torrent et le frémissement des » sapins. »

(*Lettres sur la Suisse, de Williams Coxe, tome II. Note de M. Ramond.*)

V I I.

Le prince des apôtres jette dans la capitale de l'Empire Romain, les fondemens de la puissance ecclésiastique. . . . 92

Le docteur Robertson a rendu justice à M. de Voltaire, en disant que cet homme universel n'a pas été un historien aussi infidèle qu'on le pense généralement. Nous croyons comme lui que M. de Voltaire n'a pas toujours cité faux, mais il est certain qu'il a beaucoup omis, car nous n'oserions dire beaucoup ignoré. Il a donné de plus aux passages originaux un tour particulier, pour leur faire dire toute autre chose qu'ils ne disent en effet. C'est le moyen d'être tout-à-la-fois exact et merveilleusement infidèle. Dans ses deux admirables histoires de Louis XIV et de Charles XII, M. de Voltaire n'a pas eu besoin d'avoir recours à ce moyen; mais dans son Histoire générale, qui n'est qu'une longue injure au christianisme, il s'est cru permis d'employer toutes sortes d'armes contre l'ennemi. Tantôt il nie formellement, tantôt il affirme du ton le plus positif. Ensuite il mutile et défigure les faits. Il avance sans hésiter, *qu'il n'y eut aucune hiérarchie pendant près de cent ans parmi les chrétiens*. Il ne donne aucun garant de cette étrange assertion, il se contente de dire: *Il est reconnu, l'on rit aujourd'hui*. L'auteur de l'*essai* pouvoit rire; c'est sa coutume; mais quand on écrit avec le dessein formel de renverser la religion de son pays par ses bases historiques, il faudroit peut-être produire des titres, et épargner les noms d'*idiots*, d'*esclaves*, d'*ignorans* et de *fanatiques*, à ceux qui se contentent de rapporter exactement les faits à la page où ils les ont lus.

Selon cet auteur, on n'a sur la succession

de Saint Pierre que la liste *frauduleuse d'un livre apocryphe*, *intitulé le Pontificat de Damase* (1). Or, il nous reste un traité de Saint Irénée sur les hérésies, où le père de l'église gallicane *donne en entier* la succession des papes, depuis les apôtres (2). Il en compte douze jusqu'à son temps. On place l'année de la naissance de S. Irénée environ 120 ans après J. C. Il avoit été disciple de Papias et de S. Polycarpe, eux-mêmes disciples de S. Jean l'Evangéliste. Il étoit donc témoin presque oculaire des premiers papes. Il nomme Saint Lin après Saint Pierre, et nous apprend que c'est de ce même Lin que parle Saint Paul dans son épître à Timothée (3). Comment M. de Voltaire, ou ceux qui l'aidoient dans son travail, n'ont-ils pas craint (s'ils n'ont pas ignoré) cette foudroyante autorité? Si l'on en croit *l'essai sur les mœurs*, on n'auroit jamais entendu parler de Lin, et voilà que ce premier successeur du chef de l'église est nommé par les apôtres eux-mêmes !

Au reste, que la suprématie de ce premier évêque de la chrétienté a toujours été reconnue, quoique non prononcée par les conciles, c'est encore ce qu'il est facile de prou-

(1) Essai sur les M. des N. Chap. VIII.

(2) Lib. 3, cap. 3.

(3) Lib. 2, cap. 4, v. 21.

ver. Sous le pape Clément III, successeur des apôtres, il y eut une grande division dans l'église de Corinthe, le saint siége écrivit une *puissante lettre*, dit Saint Irénée, pour ramener la paix, et son autorité fut reconnue (1). S. Cyprien déclare l'unité de l'église, et la primauté de S. Pierre en paroles non équivoques : *Super unum Petrum aedificat ecclesiam suam, unam cathedram constituit, et unitatis ejusdem originem ab uno incipientem, sua autoritate disposuit* (2). Dès le cinquième siècle, 400 ans avant que le titre de *Pape* fût exclusivement attribué au souverain pontife, on étoit d'opinion que les conciles généraux mêmes devoient être confirmés par l'évêque de Rome (3). Tous les évêques des Gaules reconnoissoient cette suprématie, et en alléguoient pour raison que l'esprit apostolique continuoit à émaner du saint-siége (4). La sentence du pape sur Théodoret, vers le même temps, fut reçue de tous les fidèles, et l'on appeloit du jugement des conciles provinciaux à la cour de Rome (5).

---

(1) *Iren. de Heres. lib.* 3, *cap.* 3.

(2) *De unit. eccles. cathol.*

(3) *S. Leo, ep.* 89, *ad Marcian Aug. p.* 308, 309.

(4) *Id. Epist. ad Leo.* 288.

(5) *Id. Epist.* 95, *p.* 311. *Ep.* 10, *ad episcop. Galliœ, p.* 217. *Ep.* 40, *p.* 251.

C'est donc plutôt une dispute de mots que de faits, que tout ce qui concerne l'autorité de la chaire de Saint-Pierre. On sait fort bien que les évêques primitifs se sont appelés *Papes*, comme encore Patriarches, *Pater Patrum, Episcopus episcoporum, angelus Episcopus.* Qu'importe le nom, si la suprématie existoit? On peut faire quelque chicane, vu l'éloignement des temps; mais les nombreuses autorités que nous avons citées, sans compter celles qu'il nous seroit aisé d'y ajouter encore, contenteront tout homme qui n'aura pas pris parti contre les vérités historiques de l'église.

VIII.

Il va presque jusqu'à nier les persécutions sous Néron. Il avance qu'aucun des Césars n'inquiéta les chrétiens jusqu'à Domitien. « Il » étoit aussi fort injuste, dit-il, d'imputer » cet accident (l'incendie de Rome) au chris- » tianisme qu'à l'empereur (Néron); ni lui, » ni les chrétiens, ni les juifs, n'avoient au- » cun intérêt à brûler Rome; mais il falloit » appaiser le peuple qui se soulevoit contre » des étrangers également haïs des Romains

» et des juifs. On abandonna quelques infor-
» tunés à la *vengeance* publique. (Quelle ven-
» geance, s'ils n'étoient pas coupables ?) Il
» semble qu'on n'auroit pas dû compter par-
» mi les persécutions faites à leur foi cette
» violence passagère. Elle n'avoit rien de
» commun avec leur religion *qu'on ne con-
» noissoit pas* (nous allons entendre Tacite),
» et que les Romains confondoient avec le
» judaïsme, protégé par les lois autant que
» méprisé (1) ». Voilà peut-être un des passages historiques les plus étranges qui soient jamais échappés à la plume d'un auteur.

M. de Voltaire n'avoit-il jamais lu ni Suétone, ni Tacite ? Il nie l'existence ou l'authenticité des inscriptions trouvées en Espagne, où Néron est remercié *d'avoir aboli dans la province une superstition nouvelle*. Quant à l'existence de ces inscriptions, on en voit une à Oxfort : *Neroni. Claud. Cais. Aug. Max. ob. Provinc. la tronib. et His. qui novam generi hum. Superstition. inculcab. purgat.* Et pour ce qui regarde l'inscription elle-même, on ne voit pas pourquoi M. de Voltaire doute que cette nouvelle superstition soit la religion chrétienne. Ce sont les propres paroles de Suétone : *Afflicti suppliciis*

(1) Essai sur les Mœurs.

christiani, genus hominum superstitionis novæ ac maleficiæ (1).

Le passage de Tacite va nous apprendre maintenant quelle fut *cette violence* passagère, exercée très-sciemment, non sur les *juifs*, mais sur les *chrétiens*.

« Pour détruire les bruits, Néron chercha des coupables, et fit souffrir les plus
» cruelles tortures à des malheureux abhorrés par leurs infamies, qu'on appeloit vulgairement *chrétiens*. Le Christ, qui leur
» donna son nom, avoit été condamné au
» supplice, sous Tibère, par le procurateur
» Ponce-Pilate, ce qui réprima pour un
» moment cette exécrable superstition. Mais
» bientôt le torrent se déborda de nouveau,
» non-seulement dans la Judée, où il avoit
» pris sa source, mais jusque dans Rome
» même, où viennent enfin se rendre et se
» grossir tous les égoûts de l'univers. On
» commença d'abord par se saisir de ceux
» qui s'avouèrent chrétiens ; et ensuite, sur
» leurs dépositions, d'une *multitude immense* qui fut moins convaincue d'avoir
» incendié Rome que de haïr le genre humain ; et à leur supplice, on ajoutoit la
» dérision : on les enveloppoit de peaux de
» bêtes, pour les faire dévorer par les chiens ;

(1) *Suet. in Nero.*

» on les attachoit en croix, ou l'on enduisoit leurs corps de résine, et l'on s'en servoit la nuit pour s'éclairer. Néron avoit cédé ses propres jardins pour ce spectacle, et en même temps il donnoit des jeux au cirque, se mêlant parmi le peuple en habit de cocher, ou conduisant les chars. Aussi, quoique coupables et dignes des derniers supplices, on se sentoit ému de compassion pour ces victimes, qui sembloient immolées moins au bien public qu'aux passe-temps d'un barbare (1) ».

Les mouvemens de compassion dont Tacite semble saisi à la fin de ce tableau, contraste bien tristement avec un auteur chrétien, qui cherche à affoiblir la pitié pour les victimes. On voit que Tacite désigne nettement les chrétiens ; il ne les confond point avec les juifs, puisqu'il raconte leur origine, et que d'ailleurs, en parlant du siége de Jérusalem, il fait, dans un autre endroit, l'histoire des Hébreux et de la religion de Moïse. On devine pourtant ce qui a fait avancer à M. de Voltaire que les Romains croyoient persécuter les juifs en persécutant les fidèles. C'est sans doute cette phrase : *moins convaincu d'avoir incendié Rome que de haïr le genre humain*, que l'auteur de l'Essai a interprété

(1) *Tacit. an. lib.* 16, trad. de M. Dureau de la Mal.

des juifs, et non des chrétiens. Or il ne s'est pas apperçu qu'il faisoit l'éloge de ces derniers, tout en les voulant priver de la pitié du lecteur. Mais quoiqu'il ne puisse appliquer réellement les paroles de Tacite aux fidèles, dont la religion est au contraire une espèce de philanthropie, il auroit dû remarquer que le refus que les chrétiens faisoient de sacrifier aux idoles, et d'assister aux abominables jeux du cirque, pour voir des hommes s'égorger, ou déchirés par des bêtes, les faisoit passer pour être les ennemis des dieux et des hommes. Quant aux crimes odieux qu'on reprochoit aux premiers fidèles, comme de manger des enfans et de boire leur sang, on voit facilement ce qui avoit pu donner lieu à de pareils bruits. Le sang mystique du fils de l'homme, qu'on buvoit dans le vin de l'Eucharistie ; l'enfant qui s'immole, la chair de l'agneau, toutes ces figures dont les payens avoient entendu parler confusément, jointes aux assemblées mystérieuses des fidèles, firent aisément supposer des rites abominables. Pline, Marc-Aurèle, Sévère, et tant d'autres illustres payens, ont rendu justice aux mœurs des chrétiens primitifs, que les paroles de Tacite ne sont ici d'aucun poids. C'est une grande gloire pour les chrétiens, dit Bossuet, d'avoir eu pour premier persécuteur le persécuteur du genre humain. L'article de M. de Voltaire nous fait faire un triste retour sur cet esprit de parti qui divise tous les hommes, et étouffe chez eux les sentimens naturels. Que le ciel nous préserve de ces horribles haines d'opinion, puisqu'elles rendent si injuste.

I X.

En naturalisant sur notre sol des insectes, des oiseaux, etc. 144

Deux moines, sous le règne de Justinien, apportèrent du Serinde des vers à soie à Constantinople. Les dindes, et plusieurs arbres et arbustes étrangers naturalisés en Europe, sont dûs à des missionnaires, etc.

X.

On trouvera le morceau de Robertson tout entier dans l'Appendice. . . . 253

Nous prions le lecteur de lire avec attention ce fameux passage du Docteur Anglois :

Premier fragment.

« Du moment qu'on envoya en Amérique des ecclésiastiques pour instruire et convertir les naturels, ils supposèrent que la rigueur avec laquelle on traitoit ce peuple, rendoit leur ministère presqu'inutile. Les missionnaires se conformant à l'esprit de douceur de la religion qu'ils venoient annoncer, s'élevèrent aussitôt contre les maximes de leurs compatriotes à l'égard des Indiens, et condamnèrent les *repartimientos* ou ces distributions par lesquelles on les livroit en esclaves à leurs conquérans, comme des actes aussi contraires à l'équité naturelle et aux préceptes du christianisme qu'à la saine politique. Les dominicains, à qui l'instruction des Américains fut d'abord confiée, furent les plus ardens à attaquer ces distributions. En 1511, Montesino, un de leurs plus célèbres prédicateurs, déclama contre cet usage dans la grande église de Saint-Domingue, avec toute l'impétuosité d'une éloquence populaire. Don Diego Colomb, les principaux officiers de la colonie, et tous les laïques qui avoient entendu ce sermon se plaignirent du moine à ses supérieurs; mais ceux-ci, loin de le condamner, approuvèrent sa doctrine comme aussi conforme aux principes de la religion, que contraire aux maximes de la politique.

Les Dominicains, sans égard pour ces considérations de politique et d'intérêt personnel, ne voulurent se relâcher en rien de la sévérité de leur doctrine, et refusèrent même d'absoudre et d'admettre à la communion ceux de leurs compatriotes qui tenoient des Indiens en servitude (1). Les deux partis s'adressèrent au roi pour avoir sa décision sur un objet de si grande importance. Ferdinand nomma une commission de son conseil-privé, à laquelle il joignit quelques-uns des plus habiles jurisconsultes et théologiens, pour entendre les députés d'Hispaniola, chargés de défendre leurs opinions respectives. Après une longue discussion, la partie spéculative de la controverse fut décidée en faveur des Dominicains, et les Indiens furent déclarés un peuple libre, fait pour jouir de tous les droits naturels de l'homme; mais malgré cette décision, les *repartimientos* continuèrent de se faire dans la même forme qu'auparavant (2). Comme le jugement de la commission reconnoissoit le principe sur lequel les Dominicains fondoient leur opinion, il étoit peu propre à les convaincre et à les réduire au silence. Enfin, pour rétablir la tranquillité dans la colonie allarmée par les remontrances et les censures de ces religieux, Ferdinand publia un décret de son conseil-privé, duquel il résultoit qu'après un mûr examen

---

(1) Oviedo, *lib. II, cap.* 6, *pag.* 97.

(2) Herrera, *decad.* 1, *lib. VIII*, *cap.* 12, *lib. IX*, *cap.* 5

de la bulle apostolique et des autres titres qui assuroient les droits de la couronne de Castille sur ses possessions dans le nouveau monde, la servitude des Indiens étoit autorisée par les loix divines et humaines ; qu'à moins qu'ils ne fussent soumis à l'autorité des Espagnols et forcés de résider sous leur inspection, il seroit impossible de les arracher à l'idolâtrie, et de les instruire dans les principes de la foi chrétienne ; qu'on ne devoit plus avoir aucun scrupule sur la légitimité des *repartimientos*, attendu que le roi et son conseil en prenoient le risque sur leur conscience ; qu'en conséquence les Dominicains et les moines des autres ordres devoient s'interdire à l'avenir les invectives que l'excès d'un zèle charitable, mais peu éclairé, leur avoit fait proférer contre cet usage (1).

Ferdinand voulant faire connoître clairement l'intention où il étoit de faire exécuter ce décret, accorda de nouvelles concessions d'Indiens à plusieurs de ses courtisans (2). Mais afin de ne pas paroître oublier entièrement les droits de l'humanité, il publia un édit par lequel il tâcha de pourvoir à ce que les Indiens fussent traités doucement sous le joug auquel il les assujettissoit ; il régla

(1) Herrera, *decad.* 1, *lib. IX*, *cap.* 14.

(2) Voyez la note XXV.

la nature du travail qu'ils seroient obligés de faire ; il prescrivit la manière dont ils devoient être vêtus et nourris, et fit des réglemens relatifs à leur instruction dans les principes du christianisme (1).

Mais les Dominicains, qui jugeoient de l'avenir par la connoissance qu'ils avoient du passé, sentirent bientôt l'insuffisance de ces précautions, et prétendirent que tant que les individus auroient intérêt de traiter les Indiens avec rigueur, aucun réglement public ne pourroit rendre leur servitude douce, ni même tolérable. Ils jugèrent qu'il seroit inutile de consumer leur tems et leurs forces à essayer de communiquer les vérités sublimes de l'évangile à des hommes dont l'ame étoit abattue et l'esprit affoibli par l'oppression. Quelques-uns de ces missionnaires découragés demandèrent à leurs supérieurs la permission de passer sur le continent, pour y remplir l'objet de leur mission parmi ceux des Indiens qui n'étoient pas encore corrompus par l'exemple des Espagnols, ni prévenus par leurs cruautés contre les dogmes du christianisme. Ceux qui restèrent à Hispaniola continuèrent de faire des remontrances avec une fermeté décente contre la servitude des Indiens.

(1) Herrera, *decad. lib. IX*, *cap.* 14.

Les opérations violentes d'Albuquerque, qui venoit d'être chargé du partage des Indiens, rallumèrent le zèle des Dominicains contre les *repartimientos*, et suscitèrent à ce peuple opprimé un avocat doué du courage, des talens et de l'activité nécessaires pour défendre une cause si désespérée. Cet homme zélé fut Barthelemy de Las Casas, natif de Séville, et l'un des ecclésiastiques qui accompagnèrent Colomb au second voyage des Espagnols, lorsqu'on voulut commencer un établissement dans l'isle d'Hispaniola. Il avoit adopté de bonne heure l'opinion dominante parmi ses confrères les Dominicains, qui regardoient comme une injustice de réduire les Indiens en servitude; et pour montrer sa sincérité et sa conviction, il avoit renoncé à la portion d'Indiens qui lui étoit échue lors du partage qu'on en avoit fait entre les conquérans, et avoit déclaré qu'il pleureroit toujours la faute dont il s'étoit rendu coupable en exerçant pendant un moment sur ses frères cette domination impie (1). Dès-lors il fut le patron déclaré des Indiens, et par son courage à les défendre aussi bien que par le respect qu'inspiroient ses talens

(1) Fr. Aug. Davila Padilla, *hist. de la Fundation de la provincia de S. Jago de Mexico*, *pag.* 303, 304. Herrera, *decad.* 1, *lib. X*, *cap.* 12.

et son caractère, il s'éleva vivement contre les opérations d'Albuquerque, et s'appercevant bientôt que l'intérêt du gouverneur le rendoit sourd à toutes les sollicitations, il n'abandonna pas pour cela la malheureuse nation dont il avoit épousé la cause. Il partit pour l'Espagne avec la ferme espérance qu'il ouvriroit les yeux et toucheroit le cœur de Ferdinand en lui faisant le tableau de l'oppression que souffroient ses nouveaux sujets (1).

Il obtint facilement une audience du roi, dont la santé étoit fort affoiblie. Il mit sous ses yeux avec autant de liberté que d'éloquence les effets funestes des *repartimientos* dans le nouveau monde, lui reprochant avec courage d'avoir autorisé ces mesures impies qui avoient porté la misère et la destruction sur une race nombreuse d'hommes innocens que la providence avoit confiés à ses soins. Ferdinand, dont l'esprit étoit affoibli par la maladie, fut vivement frappé de ce reproche d'impiété, qu'il auroit méprisé dans d'autres circonstances. Il écouta le discours de Las Casas avec les marques d'un grand repentir, et promit de s'occuper sérieusement des moyens de réparer les maux dont on se plaignoit. Mais la mort

(1) Herrera, *decad.* 1, *lib. X*, *cap.* 12; *decad.* 2, *lib. I*, *cap.* 2. Davila Padilla, *hist. pag.* 304.

l'empêcha d'exécuter cette résolution. Charles d'Autriche, à qui la couronne d'Espagne passoit, faisoit alors sa résidence dans ses états des Pays-bas. Las Casas, avec son ardeur accoutumée, se préparoit à partir pour la Flandre, dans la vue de prévenir le jeune monarque, lorsque le cardinal Ximenès, devenu régent de Castille, lui ordonna de renoncer à ce voyage, et lui promit d'écouter lui-même ses plaintes.

Le cardinal pesa la matière avec l'attention que méritoit son importance; et comme son esprit ardent aimoit les plus hardis et peu communs, celui qu'il adopta très-promptement étonna les ministres Espagnols, accoutumés aux lenteurs et aux formalités de l'administration. Sans égard ni aux droits que réclamoit Don Diego Colomb, ni aux règles établies par le feu roi, il se détermina à envoyer en Amérique trois surintendans de toutes les colonies avec l'autorité suffisante pour décider en dernier ressort la grande question de la liberté des Indiens, après qu'ils auroient examiné sur les lieux toutes les circonstances. Le choix de ces surintendans étoit délicat. Tous les laïques, tant ceux qui étoient établis en Amérique que ceux qui avoient été consultés comme membres de l'administration de ce département, avoient déclaré leur opinion, et pensoient que les

Espagnols ne pouvoient conserver leur établissement au nouveau monde, à moins qu'on ne leur permît de retenir les Indiens dans la servitude. Ximenès crut donc qu'il ne pouvoit compter sur leur impartialité, et se détermina à donner sa confiance à des ecclésiastiques. Mais comme d'un autre côté les Dominicains et les Franciscains avoient adopté des sentimens contraires, il exclut ces deux ordres religieux. Il fit tomber son choix sur les moines appelés Hiéronimites, communauté peu nombreuse en Espagne, mais qui y jouissoit d'une grande considération. D'après le conseil de leur général, et de concert avec Las Casas, il choisit parmi eux trois sujets qu'il jugea dignes de cet important emploi. Il leur associa Zuazo, jurisconsulte d'une probité distinguée, auquel il donna tout pouvoir de régler l'administration de la justice dans les colonies. Las Casas fut chargé de les accompagner avec le titre protecteur des Indiens (1).

Confier un pouvoir assez étendu pour changer en un moment tout le systême du gouvernement du nouveau monde, à quatre personnes que leur état et leur condition n'appeloient pas à de si hauts emplois, parut à Zapata et aux autres ministres du der-

(1) Herrera, *dec.* 2, *lib.* *II*, *cap.* 3.

nier roi une démarche si extraordinaire et si dangereuse, qu'ils refusèrent d'expédier les ordres nécessaires pour l'exécution ; mais Ximenès n'étoit pas disposé à souffrir patiemment qu'on mît aucun obstacle à ses projets. Il envoya chercher les ministres, leur parla d'un ton si haut, et les effraya tellement, qu'ils obéirent sur le champ (1). Les surintendans, leur associé Zuazo et Las Casas mirent à la voile pour Saint-Domingue. A leur arrivée, le premier usage qu'ils firent de leur autorité fut de mettre en liberté tous les Indiens qui avoient été donnés aux courtisans espagnols et à toute personne non résidente en Amérique. Cet acte de vigueur, joint à ce qu'on avoit appris d'Espagne sur l'objet de leur commission, répandit une alarme générale. Les Colons conclurent qu'on alloit leur enlever en un moment tous les bras avec lesquels ils conduisoient leurs travaux, et que leur ruine étoit inévitable. Mais les PP. de Saint-Jérôme se conduisirent avec tant de précaution et de prudence, que les craintes furent bientôt dissipées. Ils montrèrent dans toute leur administration une connoissance du monde et des affaires qu'on n'acquiert guère dans le cloître, et une modération et une douceur encore plus rares

(1) *Ibid. decad. 2, lib. II, cap. 6.*

parmi des hommes accoutumés à l'austérité d'une vie monastique. Ils écoutèrent tout le monde ; ils comparèrent les informations qu'ils avoient recueillies, et après une mûre délibération, ils demeurèrent persuadés que l'état de la colonie rendoit impraticable le plan de Las Casas, vers lequel penchoit le cardinal. Ils se convainquirent que les Espagnols établis en Amériqne étoient en trop petit nombre pour pouvoir exploiter les mines déjà ouvertes, et cultiver le pays ; que pour ces deux genres de travaux, ils ne pouvoient se passer des Indiens ; que si on leur ôtoit ce secours, il faudroit abandonner les conquêtes, ou au moins perdre tous les avantages qu'on en retireroit ; qu'il n'y avoit aucun motif assez puissant pour faire surmonter aux Indiens rendus libres leur aversion naturelle pour toute espèce de travail, et qu'il falloit l'autorité d'un maître pour les y forcer ; que si on ne les tenoit pas sous une discipline toujours vigilante, leur indolence et leur indifférence naturelles ne leur permettroient jamais de recevoir l'instruction chrétienne, ni d'observer les pratiques de la religion. D'après tous ces motifs, ils trouvèrent nécessaire de tolérer les *repartimientos* et l'esclavage des Américains. Ils s'efforcèrent en même temps de prévenir les superbes effets de cette tolérance, et d'assurer aux

Indiens le meilleur traitement qu'on pût concilier avec l'état de servitude. Pour cela ils renouvelèrent les premiers règlemens, y en ajoutèrent de nouveaux, ne négligèrent aucunes des précautions qui pouvoient diminuer la pesanteur du joug : enfin ils employèrent leur autorité, leur exemple et leurs exhortations à inspirer à leurs compatriotes des sentimens d'équité et de douceur pour ces Indiens, dont l'industrie leur étoit nécessaire. Zuazo, dans son département, seconda les efforts des surintendans. Il réforma les cours de justice, dans la vue de rendre leurs décisions plus équitables et plus promptes, et fit divers règlemens pour mettre sur un meilleur pied la police intérieure de la colonie. Tous les Espagnols du nouveau monde témoignèrent leur satisfaction de la conduite de Zuazo et de ses associés, et admirèrent la hardiesse de Ximenès, qui s'étoit écarté si fort des routes ordinaires dans la formation de son plan, et sa sagacité dans le choix des personnes à qui il avoit donné sa confiance, et qui s'en étoient rendues dignes par leur sagesse, leur modération et leur désintéressement (1).

Las Casas seul étoit mécontent. Les con-

---

(1) Herrera, *decad.* 2, *lib. II, cap.* 15; Remesal, *hist. gen. lib. II, cap.* 14, 15, 16.

sidérations qui avoient déterminé les surintendans ne faisoient aucune impression sur lui. Le parti qu'ils prenoient de conformer leurs règlemens à l'état de la colonie lui paroissoit l'ouvrage d'une politique mondaine et timide, qui consacroit une injustice parce qu'elle étoit avantageuse. Il prétendoit que les Indiens étoient libres par le droit de nature, et, comme leur protecteur, il sommoit les surintendans de ne pas les dépouiller du privilége commun de l'humanité. Les surintendans reçurent ses remontrances les plus âpres sans émotion, et sans s'écarter en rien de leur plan. Les colons Espagnols ne furent pas si modérés à son égard, et il fut souvent en danger d'être mis en pièces pour la fermeté avec laquelle il insistoit sur une demande qui leur étoit si odieuse. Las Casas, pour se mettre à l'abri de leur fureur, fut obligé de chercher un asyle dans un couvent, et voyant que tous ses efforts en Amérique étoient sans effet, il partit pour l'Europe avec la ferme résolution de ne pas abandonner la défense d'un peuple qu'il regardoit comme victime d'une cruelle oppression (1).

S'il eût trouvé dans Ximenès la même vigueur d'esprit que ce ministre mettoit ordinairement aux affaires, il eût été vraisem-

(1) Herrera, *decad* 2, *lib. II*, *cap.* 16.

blablement fort mal reçu. Mais le cardinal étoit atteint d'une maladie mortelle et se préparoit à remettre l'autorité dans les mains du jeune roi, qu'on attendoit de jour en jour des Pays-bas. Charles arriva, prit possession du gouvernement, et, par la mort de Ximenès perdit un ministre qui auroit mérité sa confiance par sa droiture et ses talens. Beaucoup de seigneurs Flamands avoient accompagné leur souverain en Espagne. L'attachement naturel de Charles pour ses compatriotes l'engageoit à les consulter sur toutes les affaires de son nouveau royaume; et ces étrangers montrèrent un empressement indiscret à se mêler de tout et à s'emparer de presque toutes les parties de l'administration (1). La direction des affaires d'Amérique étoit un objet trop séduisant pour leur échapper. Las Casas remarqua leur crédit naissant. Quoique les hommes à projets soient communément trop ardens pour se conduire avec beaucoup d'adresse, celui-ci étoit doué de cette activité infatigable qui réussit quelquefois mieux que l'esprit le plus délié. Il fit sa cour aux Flamands avec beaucoup d'assiduité. Il mit sous leurs yeux l'absurdité de toutes les maximes adoptées jusques-là dans le gouvernement de l'Amérique, et particu-

(1) *Histoire de Charles V.*

lièrement les vices des dispositions faites par Ximenès. La mémoire de Ferdinand étoit odieuse aux Flamands. La vertu et les talens de Ximenès avoient été pour eux des motifs de jalousie. Ils desiroient vivement de trouver des prétextes plausibles pour condamner les mesures du ministre et du défunt monarque, et pour décrier la politique de l'un et de l'autre. Les amis de Don Diégo Colomb, aussi bien que les courtisans espagnols qui avoient eu à se plaiudre de l'administration du cardinal, se joignirent à Las Casas pour désapprouver la commission des surintendans en Amérique. Cette union de tant de passions et d'intérêts divers devint si puissante que les Hiéronimites et Zuazo furent rappelés. Rodrigue de Figueroa, jurisconsulte estimé, fut nommé premier juge de l'isle, et reçut des instructions nouvelles d'après les instances de Las Casas, pour examiner encore avec la plus grande attention la question importante élevée entre cet ecclésiastique et les colons, relativement à la manière dont on devoit traiter les Indiens. Il étoit autorisé, en attendant, à faire tout ce qui seroit possible pour soulager leurs maux et prévenir leur entière destruction (1).

---

(1) Herrera, *decad.* 2, *lib. II*, *cap.* 16, 19, 21, *lib. III*, *cap.* 7, 8.

Ce fut tout ce que le zèle de Las Casas put obtenir alors en faveur des Indiens. L'impossibilité de faire faire aux colonies aucun progrès, à moins que les colons Espagnols ne pussent forcer les Américains au travail, étoit une objection insurmontable à l'exécution de son plan de la liberté. Pour écarter cet obstacle, Las Casas proposa d'acheter dans les établissemens des Portugais à la côte d'Afrique un nombre suffisant de noirs, et de les transporter en Amérique où on les emploieroit comme esclaves au travail des mines et à la culture du sol. Les premiers avantages que les Portugais avoient retirés de leurs découvertes en Afrique, leur avoient été procurés par la vente des esclaves. Plusieurs circonstances concouroient à faire revivre cet odieux commerce, aboli depuis long-tems en Europe, et aussi contraire aux sentimens de l'humanité qu'aux principes de la religion. Dès l'an 1503, on avoit envoyé en Amérique un petit nombre d'esclaves nègres (1). En 1511 Ferdinand avoit permis qu'on y en portât en plus grande quantité (2). On trouva que cette espèce d'hommes étoit plus robuste que les Américains, plus capable de résister à une grande fatigue, et plus patiente sous le joug de la servitude.

(1) Herrera, *decad.* 1, *lib.* 5, *cap.* 12.
(2) *Ibid. decad. lib. VIII*, *cap.* 9.

On calculoit que le travail d'un noir équivaloit à celui de quatre américains (1). Le cardinal Ximenès avoit été pressé de permettre et d'encourager ce commerce ; proposition qu'il avoit rejetée avec fermeté, parce qu'il avoit senti combien il étoit injuste de réduire une race d'hommes en esclavage, en délibérant sur les moyens de rendre la liberté à une autre (2). Mais Las Casas, inconséquent comme le sont les esprits qui se portent avec une impétuosité opiniâtre vers une opinion favorite, étoit incapable de faire cette réflexion. Pendant qu'il combattoit avec tant de chaleur pour la liberté des habitans du nouveau monde, il travailloit à rendre esclaves ceux d'une autre partie ; et dans la chaleur de son zèle pour sauver les Américains du joug, il prononçoit sans scrupule qu'il étoit juste et utile d'en imposer un plus pesant encore sur les Africains. Malheureusement pour ces derniers, le plan de Las Casas fut adopté. Charles accorda à un de ses courtisans Flamands le privilége exclusif d'importer en Amérique quatre mille noirs. Celui-ci vendit son privilége pour vingt-cinq mille ducats à des marchands Génois, qui les premiers établirent avec une forme régulière entre l'Afrique et l'Amérique ce com-

(1) Herrera, *decad.* 1, *lib. IX. cap.* 5.

(2) *Ibid. decad.* 2, *lib. II*, *cap.* 8.

merce d'hommes, qui a reçu depuis de si grands accroissemens (1).

Mais les marchands Génois, conduisant leurs opérations avec l'avidité ordinaire aux monopoleurs, demandèrent bientôt des prix si exorbitans des noirs qu'ils portoient à Hispaniola, qu'on y en vendit trop peu pour améliorer l'état de la colonie. Las Casas, dont le zèle étoit aussi inventif qu'infatigable, eut recours à un autre expédient pour soulager les Indiens. Il avoit observé que le plus grand nombre de ceux qui jusques-là s'étoient établis en Amérique, étoient des soldats ou des matelots employés à la découverte ou à la conquête de ces régions, des fils de familles nobles, attirés par l'espoir de s'enrichir promptement, ou des aventuriers sans ressources et forcés d'abandonner leur patrie par leurs crimes ou leur indigence. A la place de ces hommes avides, sans mœurs, incapables de l'industrie persévérante et de l'économie nécessaires dans l'établissement d'une colonie, il proposa d'envoyer à Hispaniola et dans les autres isles un nombre suffisant de cultivateurs et d'artisans à qui on donneroit des encouragemens pour s'y transporter ; persuadé que de tels hommes, accoutumés à la fatigue,

(1) Herrera, *decad. 1*, *lib. II*, *cap. 20.*

seroient en état de soutenir des travaux dont les Américains étoient incapables, par la foiblesse de leur constitution, et que bientôt ils deviendroient eux-mêmes par la culture de riches et d'utiles citoyens. Mais quoiqu'on eût grand besoin d'une nouvelle recrue d'habitans à Hispaniola, où la petite vérole venoit de se répandre et d'emporter un nombre considérable d'Indiens, ce projet, quoique favorisé par les ministres Flamands, fut traversé par l'évêque de Burgos, que Las Casas trouvoit toujours en son chemin (1).

Las Casas commença alors à désespérer de faire aucucun bien aux Indiens dans les établissemens déjà formés. Le mal étoit trop invétéré pour céder aux remèdes. Mais on faisoit tous les jours des découvertes nouvelles dans le continent qui donnoient de hautes idées de sa population et de son étendue. Dans toutes ces régions, il n'y avoit encore qu'une seule colonie très-foible, et si l'on en exceptoit un petit espace sur l'isthme de Darien, les naturels étoient maîtres de tout le pays. C'étoit-là un champ nouveau et plus étendu pour le zèle et l'humanité de Las Casas, qui se flattoit de pouvoir empêcher qu'on n'y introduisît le pernicieux

(1) Herrera, *decad.* 2, *lib. II*, *cap.* 21.

système d'administration qu'il n'avoit pu détruire dans des lieux où il étoit déjà tout établi. Plein de ces espérances, il sollicita une concession de la partie qui s'étend le long de la côte, depuis le golfe de Paria jusqu'à la frontière occidentale de cette province, aujourd'hui connue sous le nom de Sainte-Marthe. Il proposa d'y établir une colonie formée de cultivateurs, d'artisans et d'ecclésiastiques. Il s'engagea à civiliser, dans l'espace de deux ans, dix mille Indiens, et à les instruire assez bien dans les arts utiles pour pouvoir tirer de leurs travaux et de leur industrie un revenu de quinze mille ducats au profit de la couronne. Il promettoit aussi qu'en dix ans sa colonie auroit fait assez de progrès pour rendre au gouvernement soixante mille ducats par an. Il stipula qu'aucun navigateur ou soldat ne pourroit s'y établir, et qu'aucun Espagnol n'y mettroit le pied sans sa permission. Il alla même jusqu'à vouloir que les gens qu'il emmeneroit eussent un habillement particulier, différent de celui des Espagnols, afin que les Indiens de ces districts ne les crussent pas de la même race d'hommes qui avoit apporté tant de calamité à l'Amérique (1). Par ce plan, dont je ne donne qu'une légère esquisse, il paroît

(1) Herrera, *decad.* 2, *lib. IV, cap.* 2.

clairement que les idées de Las Casas sur la manière de civiliser et de traiter les Indiens étoient fort semblables à celles que les Jésuites ont suivies depuis dans leurs grandes entreprises sur l'autre partie du même continent. Las Casas supposoit que les Européens employant l'ascendant que leur donnoient une intelligence supérieure et de plus grands progrès dans les sciences et les arts, pourroient conduire par degrés l'esprit des Américains à goûter ces moyens de bonheur dont ils étoient dépourvus, leur faire cultiver les arts de l'homme en société, et les rendre capables de jouir des avantages de la vie civile.

L'évêque de Burgos et le conseil des Indes regardèrent le plan de Las Casas non-seulement comme chimérique, mais comme extrêmement dangereux. Ils pensoient que l'esprit des Américains étoit naturellement si borné, et leur indolence si excessive, qu'on ne réussiroit jamais à les instruire, ni à leur faire faire aucun progrès. Ils prétendoient qu'il seroit fort imprudent de donner une autorité si grande sur un pays de mille milles de côtes à un enthousiaste visionnaire et présomptueux, étranger aux affaires, et sans connoissance de l'art du gouvernement. Las Casas, qui s'attendoit bien à cette résistance, ne se découragea pas. Il eut recours encore aux Flamands, qui favorisèrent ses vues auprès de Charles V avec beaucoup de zèle, précisément parce que les ministres Espagnols les avoient rejetées. Ils déterminèrent le monarque, qui venoit d'être élevé à l'empire, à renvoyer l'examen de cette affaire à un certain nombre de membres de son conseil-privé ; et comme Las Casas récusoit tous les membres du conseil des Indes, comme prévenus et intéressés, tous furent exclus. La décision des juges choisis à la recommandation des Flamands, fut entièrement conforme aux sentimens de ces derniers. On approuva beaucoup le nouveau plan, et l'on donna des ordres pour le mettre à exécution, mais en restreignant le territoire accordé à Las Casas à trois cens milles le long de la côte de Cumana, d'où il lui seroit libre de s'étendre dans les parties intérieures du pays (1).

Cette décision trouva des censeurs. Presque tous ceux qui avoient été en Amérique la blâmoient, et soutenoient leur opinion avec tant de confiance, et par des raisons si plausibles, qu'on crut devoir s'arrêter et examiner de nouveau la question avec plus de soin. Charles lui-même, quoiqu'accoutumé dans

(1) Gomera, *hist. gén. cap.* 77. Herrera, *decad.* 2, *lib. IV*, *cap.* 3. Oviedo, *lib. XIX*, *cap.* 5.

sa jeunesse à suivre les sentimens de ses ministres avec une déférence et une soumission qui n'annonçoient pas la vigueur et la fermeté d'esprit qu'il montra dans un âge plus mûr, commença à soupçonner que la chaleur que les Flamands mettoient dans toutes les affaires relatives à l'Amérique avoit pour principe quelque motif dont il devoit se défier ; il déclara qu'il étoit déterminé à approfondir lui-même la question agitée depuis si long-temps sur le caractère des Américains et sur la manière la plus convenable de les traiter. Il se présenta bientôt une circonstance qui rendoit cette discussion plus facile. Quevedo, évêque du Darien, qui avoit accompagné Pedrarias sur le continent en 1513, venoit de prendre terre à Barcelonne, où la cour faisoit sa résidence. On sçut bientôt que ses sentimens étoient différens de ceux de Las Casas, et Charles imagina assez naturellement qu'en écoutant et en comparant les raisons de deux personnages respectables qui, par un long séjour en Amérique, avoient eu le temps nécessaire pour observer les mœurs du peuple qu'il s'agissoit de faire connoître, il seroit en état de découvrir lequel des deux avoit formé son opinion avec plus de justesse et de discernement.

On désigna pour cet examen un jour fixe

et une audience solemnelle. L'empereur parut avec une pompe extraordinaire, et se plaça sur son trône dans la grande salle de son palais. Ses courtisans l'environnoient. Don Diego Colomb, amiral des Indes, fut appelé. L'évêque du Darien fut interpellé de dire le premier son avis. Son discours ne fut pas long. Il commença par déplorer les malheurs de l'Amérique et la destruction d'un si grand nombre de ses habitans, qu'il reconnut être en partie l'effet de l'excessive dureté et de l'imprudence des Espagnols ; mais il déclara que tous les habitans du nouveau monde qu'il avoit observés, soit dans le continent, soit dans les isles, lui avoient paru une espèce d'hommes destinés à la servitude par l'infériorité de leur intelligence et de leurs talens naturels, et qu'il seroit impossible de les instruire, ni de leur faire faire aucun progrès vers la civilisation, si on ne les tenoit pas sous l'autorité continuelle d'un maître. Las Casas s'étendit davantage, et défendit son sentiment avec plus de chaleur. Il s'éleva avec indignation contre l'idée qu'il y eût aucune race d'hommes nés pour la servitude, et attaqua cette opinion comme irréligieuse et inhumaine. Il assura que les Américains ne manquoient pas d'intelligence, qu'ils n'avoient besoin que d'être cultivés ; et qu'ils étoient capables d'apprendre les principes de la religion, et de se former à l'industrie et aux arts de la vie sociale ; que leur douceur et leur timidité naturelles les rendant soumis et dociles, on pouvoit les conduire et les former, pourvu qu'on ne les traitât pas durement. Il protesta que dans le plan qu'il avoit proposé, ses vues étoient pures et désintéressées, et que quelques avantages qui dussent revenir de leur exécution à la couronne de Castille, il n'avoit jamais demandé et ne demanderoit jamais aucune récompense de ses travaux.

Charles, après avoir entendu les deux plaidoyers et consulté ses ministres, ne se crut pas encore assez bien instruit pour prendre une résolution générale relativement à la condition des Américains ; mais comme il avoit une entière confiance en la probité de Las Casas, et que l'évêque du Darien lui-même convenoit que l'affaire étoit assez importante pour qu'on pût essayer le plan proposé, il céda à Las Casas, par des lettres-patentes, la partie de la côte de Cumana dont nous avons fait mention plus haut, avec tout pouvoir d'y établir une colonie d'après le plan qu'il avoit proposé (1).

Las Casas pressa les préparatifs de son

(1) Herrera, *decad.* 2, *lib. IV*, *cap.* 3, 4, 5. Argensola, *Annales de Aragon*, 74, 97. Remesal, *hist. gén. lib. II*, *cap.* 19, 20.

voyage avec son ardeur accoutumée ; mais soit par son inexpérience dans ce genre d'affaires, soit par l'opposition secrette de la noblesse espagnole, qui craignoit que l'émigration de tant de personnes ne leur enlevât un grand nombre d'hommes industrieux et utiles, occupés de la culture de leurs terres, il ne put déterminer qu'environ deux cens cultivateurs ou artisans à l'accompagner à Cumana.

Rien cependant ne put amortir son zèle. Il mit à la voile avec cette petite troupe, à peine suffisante pour prendre possession du vaste territoire qu'on lui accordoit, et avec laquelle il étoit impossible de réussir à en civiliser les habitans. Le premier endroit où il toucha fut l'isle de Porto-Rico. Là il eut connoissance d'un nouvel obstacle à l'exécution de son plan, plus difficile à surmonter qu'aucun de ceux qu'il eût rencontrés jusqu'alors. Lorsqu'il avoit quitté l'Amérique en 1517, les Espagnols n'avoient presque aucun commerce avec le continent, si l'on excepte les pays voisins du golfe de Darien. Mais tous les genres de travaux s'affoiblissant de jour en jour à Hispaniola par la destruction rapide des naturels du pays, les Espagnols manquoient de bras pour continuer les entreprises déjà formées, et ce besoin les avoit fait recourir à tous les expédiens qu'ils pouvoient imaginer pour y suppléer. On leur avoit porté beaucoup de nègres ; mais le prix en étoit monté si haut que la plupart des colons ne pouvoient y atteindre. Pour se procurer des esclaves à meilleur marché, quelques-uns d'entre eux armèrent des vaisseaux, et se mirent à croiser le long des côtes du continent. Dans les lieux où ils étoient inférieurs en force, ils commerçoient avec les naturels, et leur donnoient des quincailleries d'Europe pour les plaques d'or qui servoient d'ornemens à ces peuples ; mais par-tout où ils pouvoient surprendre les Indiens, ou l'emporter sur eux à force ouverte, ils les enlevoient et les vendoient à Hispaniola (1). Cette piraterie étoit accompagnée des plus grandes atrocités. Le nom Espagnol devint en horreur sur tout le continent. Dès qu'un vaisseau paroissoit, les habitans fuyoient dans les bois ou couroient au rivage en armes pour repousser ces cruels ennemis de leur tranquillité. Quelquefois ils forçoient les Espagnols à se retirer avec précipitation, ou ils leur coupoient la retraite. Dans la violence de leur ressentiment, ils massacrèrent deux missionnaires dominicains, que le zèle avoit portés à s'établir dans la province de Cumana (2).

---

(1) Herrera, *decad.* 3, *lib. II*, *cap.* 3.
(2) Oviedo, *hist. lib. XIX*, *cap.* 3.

Le meurtre de ces personnes révérées pour la sainteté de leur vie, excita la plus vive indignation parmi les colons d'Hispaniola, qui, au milieu de la licence de leurs mœurs et de la cruauté de leurs actions, étoient pleins d'un zèle ardent pour la religion, et d'un respect superstitieux pour ses ministres; ils résolurent de punir ce crime d'une manière qui pût servir d'exemple, non-seulement sur ceux qui l'avoient commis, mais sur toute la nation entière. Pour l'exécution de ce projet, ils donnèrent le commandement de cinq vaisseaux et de trois cens hommes à Diego Ocampo, avec ordre de détruire par le fer et par le feu tout le pays de Cumana, et d'en faire les habitans esclaves pour être transportés à Hispaniola. Las Casas trouva à Porto-Rico cette escadre faisant voile vers le continent; et Ocampo ayant refusé de différer son voyage, il comprit qu'il lui seroit impossible de tenter l'exécution de son plan de paix, dans un pays qui alloit être le théâtre de la guerre et de la désolation (1).

Dans l'espérance d'apporter quelque remède aux suites funestes de ce malheureux incident, il s'embarqua pour Saint-Domingue, laissant ceux qui l'avoient suivi can-

(1) Herrera, *decad.* 2, *lib. IX*, *cap.* 8, 9.

tonnés parmi les colons de Porto-Rico. Plusieurs circonstances concoururent à le faire recevoir fort mal à Hispaniola. En travaillant à soulager les Indiens, il avoit censuré la conduite de ses compatriotes, les colons d'Hispaniola, avec tant de sévérité, qu'il leur étoit devenu universellement odieux. Ils regardoient le succès de sa tentative comme devant entraîner leur ruine. Ils attendoient de grandes recrues de Cumana, et ces espérances s'évanouissoient, si Las Casas parvenoit à y établir sa colonie. Figueroa, en conséquence d'un plan formé en Espagne pour déterminer le degré d'intelligence et de docilité des Indiens, avoit fait une expérience qui paroissoit décisive contre le systême de Las Casas. Il en avoit rassemblé à Hispaniola un assez grand nombre, et les avoit établis dans deux villages, leur laissant une entière liberté, et les abandonnant à leur propre conduite; mais ces Indiens, accoutumés à un genre de vie extrêmement différent, hors d'état de prendre en si peu de temps de nouvelles habitudes, et d'ailleurs découragés par leur malheur particulier et par celui de leur patrie, se donnèrent si peu de peine pour cultiver le terrain qu'on leur avoit donné, parurent si incapables des soins et de la prévoyance nécessaires pour fournir à leurs propres besoins, et si éloignés de tout ordre et de tout travail régulier, que les Espagnols en conclurent qu'il étoit impossible de les former à mener une vie sociale, et qu'il falloit les regarder comme des enfans qui avoient besoin d'être continuellement sous la tutèle des Européens, si supérieurs à eux en sagesse et en sagacité (1).

Malgré la réunion de toutes ces circonstances, qui armoient si fortement contre ses mesures ceux même à qui il s'adressoit pour les mettre à exécution, Las Casas, par son activité et sa persévérance, par quelques condescendances et beaucoup de menaces, obtint à la fin un petit corps de troupes pour protéger sa colonie au premier moment de son établissement. Mais à son retour à Porto-Rico, il trouva que les maladies lui avoient déjà enlevé beaucoup de ses gens; et les autres ayant trouvé quelque occupation dans l'isle, refusèrent de le suivre. Cependant, avec ce qui lui restoit de monde, il fit voile vers Cumana. Ocampo avoit exécuté sa commission dans cette province avec tant de barbarie, il avoit massacré ou envoyé en esclavage à Hispaniola un si grand nombre d'Indiens, que tout ce qui restoit de ces malheureux s'étoit enfui dans les bois, et que l'établissement formé à Tolède se trouvant dans

(1) Herrera, *decad.* 2, *lib.* X, *cap.* 5.

un pays désert, touchoit à sa destruction. Ce fut cependant en ce même endroit que Las Casas fut obligé de placer le chef-lieu de sa colonie. Abandonné et par les troupes qu'on lui avoit données pour le protéger, et par le détachement d'Ocampo, qui avoit prévu les calamités auxquelles il devoit s'attendre dans un poste si misérable, il prit les précautions qu'il jugea les meilleures pour la sûreté et la subsistance de ses colons ; mais comme elles étoient encore bien insuffisantes, il retourna à Hispaniola solliciter des secours plus puissans, afin de sauver des hommes que leur confiance en lui avoit engagés à courir de si grands dangers. Bientôt après son départ, les naturels du pays ayant reconnu la foiblesse des Espagnols, s'assemblèrent secrètement, les attaquèrent avec la furie naturelle à des hommes réduits au désespoir par les barbaries qu'on avoit exercées contre eux, en firent périr un grand nombre, et forcèrent le reste à se retirer à l'isle de Cubagua. La petite colonie qui y étoit établie pour la pêche des perles partagea la terreur panique dont les fugitifs étoient saisis, et abandonna l'isle. Enfin il ne resta pas un seul Espagnol dans aucune partie du continent ou des isles adjacentes depuis le golfe de Pacia jusqu'aux confins du Darien. Accablé par cette succession de désastres, et voyant l'issue malheureuse de tous ses grands projets, Las Casas n'osa plus se montrer ; il s'enferma dans le couvent des Dominicains à Saint-Domingue, et prit bientôt après l'habit de cet ordre (1).

Quoique la destruction de la colonie de Cumana ne soit arrivée que l'an 1521, je n'ai pas voulu interrompre le récit des négociations de Las Casas depuis leur origine jusqu'à leur issue. Son système fut l'objet d'une longue et sérieuse discussion, et quoique ses tentatives en faveur des Américains opprimés n'aient pas été suivies du succès qu'il en promettoit (sans doute avec trop de confiance), soit par son imprudence, soit par la haine active de ses ennemis, elles donnèrent lieu à divers règlemens qui furent de quelque utilité à ces malheureuses nations.

Second Fragment.

« Il alloit (Cortez) détruire leurs autels et renverser leurs idoles avec la même violence que Zempoalla, si le père Barthelemy d'Olmedo, aumônier de l'armée, n'avoit arrêté l'impétuosité de son zèle. Le religieux lui repré-

(1) Herrera, *decad. 2, lib. X, cap. 5, decad. 3, lib. II, cap. 3, 4, 5.* Oviedo, *hist. lib. XIX, cap. 6.* Gomera, *cap. 77.* Davila Padilla, *lib. I, cap. 97.* Remesal, *hist. gén. lib. II, cap. 22, 23.*

senta l'imprudence d'une telle démarche dans une grande ville remplie d'un peuple également superstitieux et guerrier, avec lequel les Espagnols venoient de s'allier. Il déclara que ce qui s'étoit fait à Zempoalla lui avoit toujours paru injuste, que la religion ne devoit pas être prêchée le fer à la main, ni les infidèles convertis par la violence; qu'il falloit employer d'autres armes pour cette conquête, l'instruction qui éclaire les esprits et les bons exemples qui captivent les cœurs; que ce n'étoit que par ces moyens qu'on pouvoit engager les hommes à renoncer à leurs erreurs, et embrasser la vérité. — Au seizième siècle, dans un temps où les droits de la conscience étoient si mal connus de tout le monde chrétien, où le nom de tolérance étoit même ignoré, on est étonné de trouver un moine espagnol au nombre des premiers défenseurs de la liberté religieuse, et des premiers improbateurs de la persécution. Les remontrances de cet ecclésiastique, aussi vertueux que sage, firent impression sur l'esprit de Cortez. Il laissa les tasealans continuer l'exercice libre de leur religion, en exigeant seulement qu'ils renonçassent à sacrifier des victimes humaines. »

Histoire d'Amérique, tome III, liv. V.

Robertson, après avoir prouvé que la dépopulation de l'Amérique ne peut être attribuée à la politique du gouvernement espagnol, passe à ce morceau que nous avons cité dans le texte :

« *C'est avec plus d'injustice encore que beaucoup d'écrivains ont attribué à l'esprit d'intolérance de la religion romaine, la destruction des Américains, etc.* »

« Et enfin ailleurs, en parlant des Indiens, il dit : quoique Paul III, par sa fameuse bulle donnée en 1537, ait déclaré les Indiens créatures raisonnables, ayant droit à tous les priviléges du christianisme; néanmoins, après deux siècles, durant lesquels ils ont été membres de l'église, ils ont fait si peu de progrès, qu'à peine en trouve-t-on quelques-uns qui aient une portion d'intelligence suffisante pour être regardés comme dignes de participer à l'eucharistie. D'après cette idée de leur incapacité et de leur ignorance en matière de religion, lorsque le zèle de Philippe lui fit établir l'inquisition en Amérique, en 1570, les Indiens furent déclarés exempts de la jurisdiction de ce sévère tribunal, et ils sont demeurés soumis à l'inspection de leurs évêques diocésains. » *Tom. V, page 205.*

Si l'on pèse avec attention et impartialité tous les faits avancés par le docteur *presbytérien*, si l'on se rappelle en même temps les nombreux hôpitaux fondés pour les Indiens du Nouveau-Monde, les admirables missions du Paraguay, etc., on sera convaincu qu'il n'y a jamais eu de plus atroce calomnie que celle qui attribue à la religion chrétienne la destruction des habitans du Nouveau-Monde.

Massacre d'Irlande.

Des inimitiés nationales, bien plus encore que des haines religieuses produisirent en 1641 le fameux massacre d'Irlande. Depuis long-temps opprimés par les Anglois, dépouillés de leurs terres, tourmentés dans leurs mœurs, leurs habitudes et leur religion, réduits presque à la condition d'esclaves par des maîtres hautains et tyranniques, les Irlandois poussés au désespoir eurent enfin recours à la vengeance; ils ne furent pas même les agresseurs dans cette horrible tragédie, et on avoit commencé à les égorger avant qu'ils se déterminassent à répandre le sang.

M. Millon, dans ses *Recherches sur l'Irlande* (imprimées à la suite du voyage d'Artur Young), a recueilli des faits intéressans qu'il sera bon de mettre ici sous les yeux du lecteur.

Quelques Irlandois s'étant soulevés par une suite de ce système d'oppression qui pesoit sur leur malheureuse patrie, le conseil anglais d'Irlande envoie des troupes contre eux avec ordre de les exterminer.

« *Les officiers*, dit Castelhaven (dont M. Millon cite ici les propres paroles), *les officiers et les soldats, peu attentifs à distinguer les rébelles sujets, tuèrent indistinctement, dans bien des endroits, hommes, femmes et enfans; ce procédé irrita les rébelles, et les porta à commettre les mêmes cruautés sur les Anglois*(1). D'après le passage du comte Castelhaven, il paroît que les Anglois avoient commencé la scène par ordre de leurs chefs, et que le crime des Irlandois étoit d'avoir suivi un exemple barbare (2).

« *Je ne puis croire, ajoute Castelhaven, qu'il y ait eu alors en Irlande, hors des villes murées, la dixième partie des sujets britanniques rapportés par le chevalier Temple et autres écrivains, comme massacrés par les Irlandois. Il est clair que cet auteur répète jusqu'à deux ou trois fois en divers endroits les mêmes personnes avec les mêmes circonstances, et qu'il fait mention de quelques centaines d'individus*,

(1) Which procedure exasperetcd the rebels, and induced them to commit the like cruelties upon the English.

(2) *Ma-Geoghegan.*

comme massacrés alors, qui ont vécu encore plusieurs années après, et quelques-uns jusqu'à notre temps; il est donc juste que, malgré les clameurs mal fondées de certaines personnes, qui s'écrient contre les Irlandois, sans dire un mot de la rébellion fomentée chez eux, je rende justice à la nation irlandoise, et que je déclare que les chefs de cette nation n'eurent jamais intention d'autoriser les cruautés qu'on y avoit exercées.

» L'exemple des Ecossois qui s'étoient insurgés, fut en partie cause de la révolte des Irlandois déjà mécontens; ils se voyoient à la veille d'être forcés, ou de renoncer à leur religion, ou d'abandonner leur patrie : une pétition des protestans d'Irlande, signée de plusieurs milliers d'entr'eux, et adressée au parlement d'Angleterre, justifioit leurs craintes; on se vantoit déjà publiquement, qu'avant un an il n'y auroit pas un seul papiste en Irlande. Cette adresse produisit son effet en Angleterre : Charles I ayant réuni, par une condescendance forcée, les affaires d'Irlande entre les mains du parlement, cette assemblée fit une ordonnance qui tendoit à l'extirpation totale des Irlandois, et déclara qu'elle ne consentiroit jamais à aucune tolérance de la religion papiste en Irlande, ni dans aucun autre des états britanniques.

Le même parlement ordonna ensuite qu'on assignât à des aventuriers anglois, moyennant une certaine somme d'argent, deux millions cinq cent mille acres de terres profitables en Irlande, non compris les marais, les bois et les montagnes stériles, et cela dans le temps où les propriétaires de terres, engagés dans la révolte, étoient en très-petit nombre. Il falloit donc, pour satisfaire à l'engagement pris avec ces aventuriers, déposséder une infinité d'honnêtes gens qui n'avoient jamais troublé la tranquillité publique.

» Les Irlandois, principalement ceux d'Ulster, n'avoient pas oublié l'injuste confiscation de six comtés faite sur eux, il n'y avoit pas encore 40 ans ; ils regardoient les propriétaires actuels comme des usurpateurs ; et leur douleur ayant dégénéré en vengeance, ils se saisirent des maisons, des troupeaux et des effets de ces nouveaux venus ; et les beaux édifices et les habitations commodes que ces colons avoient fait construire sur les terres de ces propriétaires, furent ou rasés ou consumés par le feu (1).

Telles furent les premières hostilités commises par les Irlandois sur les Anglois ; il n'étoit pas encore question de massacre ;

(1) Ma-Geoghegan.

les Anglois, dit Ma-Geoghégan furent les premiers agresseurs; leur exemple fut suivi trop exactement par les catholiques de l'Ulster, et la contagion se répandit bientôt par tout le royaume; il ne s'agissoit pas d'une querelle particulière, c'étoit une antipathie et une haine nationale entre les deux peuples; savoir, les Irlandois catholiques et les Anglois protestans . . . .
Voilà l'origine de cette malheureuse guerre qui coûta tant de sang; voilà les causes du soulèvement des Irlandois en 1641, lequel fut suivi d'un horrible massacre. Ma-Geoghegan assure comme une chose certaine, qu'il y eut six fois plus de catholiques que de protestans massacrés dans cette occasion; 1°. parce que les premiers étoient dispersés dans les campagnes, et par conséquent exposés à la furie d'un ennemi impitoyable, au lieu que les derniers demeuroient pour la plupart dans des villes murées et dans des châteaux qui les mirent à couvert de la fureur d'une populace effrénée; et ceux d'entr'eux qui habitoient dans les campagnes, se retirèrent au premier bruit, dans les villes et places fortes, où ils restèrent pendant la guerre; quelques-uns retournèrent en Angleterre ou en Ecosse, de sorte qu'il n'en périt que fort peu, excepté ceux qui avoient été exposés à la première furie des révoltés;

les garnisons anglaises, sur ces entrefaites, massacrèrent les gens de la campagne sans distinction d'âge ni de sexe; 2°. le nombre des catholiques exécutés à mort par les Cromwelliens pour cause de massacre, fut si petit, qu'il étoit impossible qu'ils eussent pu tuer un si prodigieux nombre de protestans (1).

» L'Irlande ayant été réduite, il y fut établi une haute cour de justice pour la recherche des meurtres commis sur les protestans, dans le cours de la guerre. On ne put convaincre d'y avoir eu part, que cent quarante catholiques, la plupart du bas peuple, quoique leurs ennemis fussent leurs juges, et qu'on eût surbordonné des témoins pour les trouver coupables; et des cent quarante, plusieurs protestèrent de leur innocence, étant prêts à périr. S'il eût été question de faire les mêmes recherches contre les protestans, et d'admettre les preuves juridiques des catholiques, il est incontestable que sur dix parlementaires d'Irlande, neuf auroient été trouvés coupables devant un tribunal équitable (2).

(*Recherches sur l'Irlande, par le citoyen Millon, 2 vol. de la traduction du voyage d'Arthur Young en Irlande*).

(1) Ireland's Case.

(2) Ireland's Case.

Ainsi, l'on voit que les passions des hommes, des haines et des intérêts souvent très-étrangers à la religion, ont produit les énormités sanglantes qu'on a rejetées sur un culte qui ne prêche que la paix et l'humanité. Que diroit la philosophie, si on l'accusoit aujourd'hui d'avoir élevé les échafauds de Robespierre ? N'est-ce pas en empruntant son langage qu'on a égorgé tant de victimes innocentes, comme on a pu abuser du nom de la religion pour commettre des crimes? Combien ne peut-on pas reprocher d'actes de cruauté et d'intolérance à ces mêmes protestans qui se vantent de pratiquer seuls la philosophie du christianisme? Les lois contre les catholiques d'Irlande, appelées lois de découverte, (*Laws of discovery*) égalent en oppression, et surpassent en immoralité tout ce qu'on a jamais reproché à l'église romaine.

Par ces lois,

1°. Tout le corps des catholiques romains est entièrement désarmé.

2°. Ils sont déclarés incapables d'acquérir des terres.

3°. Les substitutions sont annullées, et elles sont partagés également entre les enfans.

4°. Si un enfant abjure la religion catholique, il hérite de tout le bien, quoiqu'il soit le plus jeune.

5°. Si le fils abjure sa religion, le père

n'a aucun pouvoir sur son propre bien, mais il perçoit une pension sur ce bien qui passe à son fils.

6°. Aucun catholique ne peut faire un bail pour plus de 31 ans.

7°. Si la rente d'un catholique est moins des deux tiers de la valeur du bien, le dénonciateur aura le profit du bail.

8°. Les prêtres qui célébreront la messe seront déportés; et s'ils reviennent, pendus.

9°. Si un catholique possède un cheval valant plus de cinq livres sterlings, il sera confisqué au profit du dénonciateur.

10°. Par une disposition du lord Hardwick, les catholiques sont déclarés incapables de prêter de l'argent à hypothèque (1).

Il est bien remarquable que cette loi ne fut portée que cinq ou six ans après la mort du roi Guillaume, c'est-à-dire lorsque tous les troubles de l'Irlande étoient appaisés, et lorsque l'Angleterre étoit à son plus haut point de lumière, de civilisation et de prospérité.

Il ne faut pas croire que même dans ces temps de fermentation, où les meilleurs esprits sont quelquefois entraînés dans des excès; il ne faut pas croire que les vrais catholiques approuvassent les fureurs du parti

(1) Voyage d'Art. Young.

qui se servoit de leur nom. La Saint-Barthélemi trouva des larmes, même à la cour de Médicis, même dans la couche de Charles IX.

« J'ai oui raconter, dit Brantôme, qu'au massacre de la Saint-Barthélemy, la reine Isabelle n'en sçachant rien, ni même senti le moindre vent du monde, s'en alla coucher à sa mode accoustumée, et ne s'estant esveillée qu'au matin, on lui dit à son réveil le beau mystère qui se jouoit : hélas! dit-elle, le roy mon mari le sçait-il? Oui, madame, répondit-on; c'est lui-même qui le fait faire. O mon Dieu! s'écria-t-elle, qu'est cecy, et quels conseillers sont ceux-là qui lui ont donné tels advis? Mon Dieu, je te supplie et te requiers de luy vouloir pardonner; car si tu n'en as pitié, j'ai grand peur que cette offense ne luy soit pas pardonnée; et soudain demanda ses heures, et se mit en oraison, et à prier Dieu la larme à l'œuil. Que l'on considère, je vous prie, la bonté et la sagesse de cette reyne, de n'approuver point une telle feste, ny le jeu qui s'y célébra; encore qu'elle eust grand sujet de desirer la totalle extermination, et de M. l'admiral, et de tous ceux de sa religion; d'autant qu'ils estoient contraires du tout à la sienne, qu'elle adoroit et honoroit plus que toute chose au monde;

et de l'autre côté qu'elle voyoit combien il troubloit l'estat du roy son seigneur et mary. »

Mémoires de Brantôme, tome II, Edition de Leyde, MCXCIX.

X.

Terminons par une remarque essentielle cet article des institutions du christianisme, en faveur de l'humanité souffrante. . 263

« Le sommet du St.-Gothard est une plate-forme de granit, nud, entouré de quelques rochers médiocrement élevés, de formes très-irrégulières, qui arrêtent la vue en tous sens, la bornent à la plus affreuse des solitudes. Trois petits lacs et le triste hospice des capucins interrompent seuls l'uniformité de ce désert, où l'on ne trouve pas la moindre trace de végétation; c'est une chose nouvelle et surprenante pour un habitant de la plaine, que le silence absolu qui règne sur cette plate-forme; on n'entend pas le moindre murmure; le vent qui traverse les cieux ne rencontre point ici un feuillage; seulement lorsqu'il est impétueux, il gémit d'une manière lugubre contre les pointes de rochers qui le divisent. Ce seroit en vain qu'en gravissant les sommets abordables qui environnent ce désert, on espéreroit se transporter par la vue dans des contrées habitables ; on ne voit au-dessous de soi qu'un chaos de rochers et de torrens ; on ne distingue au loin que des pointes arides et couvertes de neiges éternelles, perçant le nuage qui flotte sur les vallées, et qui les couvre d'un voile souvent impénétrable ; rien de ce qui existe au-delà ne parvient aux regards, excepté un ciel d'un bleu noir, qui, descendant bien au-dessous de l'horizon, termine de tous côtés le tableau, et semble être une mer immense qui environne cet amas de montagnes.

» Les malheureux capucins qui habitent l'hospice, sont pendant neuf mois de l'année ensevelis sous des neiges qui, souvent dans l'espace d'une nuit, s'élèvent à la hauteur de leur toît, et bouchent toutes les entrées du couvent. Alors il faut se frayer un passage par les fenêtres supérieures qui servent de portes. On juge que le froid et la faim sont des fléaux auxquels ils sont fréquemment exposés ; et que s'il existe des cénobites qui aient droit aux aumônes, ce sont ceux-là. »

Note de la traduction des lettres de Coxe sur la Suisse, par le citoyen Ramond.

Les hôpitaux militaires viennent originairement des bénédictins. Chaque couvent de cet ordre nourrissoit un ancien soldat, et lui donnoit une retraite pour le reste de ses jours. Louis XIV, en réunissant ces diverses fondations en une seule, en forma l'Hôtel des Invalides. Ainsi, c'est encore la religion de paix qui a fondé l'asile de nos vieux guerriers.

X I.

On trouvera les bases de tous ces calculs dans l'Appendice 319

Il est très-difficile de donner un relevé exact des colléges et des hôpitaux, parce que les différentes statistiques sont très-incomplettes, et les géographies omettent une foule de détails ; les uns donnent la population d'un état, sans donner le nombre des villes ; les autres comptent les paroisses et oublient les cités. Les cartes surchargées de noms de lieu, multiplient les bourgs, les châteaux, les villages. Le grand travail sur les provinces de la France, commencé sous Louis XIV, n'a point malheureusement été achevé. Les cartes de Cassini, qui seroient d'un grand secours, sont aussi demeurées incomplettes.

Les histoires particulières des provinces négligent en général la statistique, pour parler des anciennes guerres des barons, des droits de telle ville, et de tel bourg. A peine trouvez-vous quelques fondations perdues dans un fatras de choses inutiles. Les historiens ecclésiastiques, à leur tour, se circonscrivent dans leur sujet, et passent rapidement sur les faits d'un intérêt général. Quoi qu'il en soit, au milieu de cette confusion, nous avons tâché de saisir quelques résultats dont nous allons mettre les tableaux sous les yeux des lecteurs.

Extrait de la partie ecclésiastique de la statistique de M. de Beaufort.

FRANCE.

18 Archevêchés.
117 Evêchés.
11 Evêques pour les missions, etc.
16 Chefs d'Ordres ou Congrégations.
366000 Ecclésiastiques.
34498 Paroisses.
4644 Annexes.
800 Chapitres et Collégiales.
36 Académies.
24 Universités.

ÉTATS HÉRÉDITAIRES D'AUTRICHE.

5 Archevêchés.
15 Evêchés.
6 Universités.
6 Colléges.

GRAND-DUCHÉ DE TOSCANE.

3 Archevêchés.
2 Evêchés.
2 Universités.

RUSSIE.

30 Archevêchés et Evêchés Grecs.
68000 Ecclésiastiques.
18319 Paroisses Cathédrales.
4 Universités.

ESPAGNE.

8 Archevêchés.
48 Evêchés.
117 Eglises.
19683 Paroisses.
27 Universités.

ANGLETERRE.

2 Archevêchés.
25 Evêchés.
9684 Paroisses.

IRLANDE.

4 Archevêchés.
19 Evêchés.
44 Doyennés.
2293 Paroisses.

Ecosse.

13 Synodes.
98 Presbytères.
938 Paroisses.

Prusse.

4 Chapitres.
2 Couvens d'hommes dont 1 luther.
1 Evêché catholique.
1 Cathédrale.
6 Universités.

Portugal.

1 Patriarche.
5 Archevêques.
19 Evêques.
3343 Paroisses.
2 Universités.

Les Deux-Siciles. Naples.

23 Archevêchés.
145 Evêchés.

Sicile.

3 Archevêchés.
4 Universités.

Les couvens sont tenus d'avoir des écoles gratuites.

Sardaigne.

3 Archevêchés.
26 Evêchés.

50 Abbayes.
3 Universités.

État Ecclésiastique.

3 Archevêchés.
5 Evêchés.

Suède.

1 Archevêché.
14 Evêchés.
2638 Paroisses.
1381 Pastorats.
3 Universités.
10 Colléges.

Danemarck.

12 Evêchés.
2 Universités.

Pologne.

2 Archevêchés.
6 Evêchés.
4 Universités.

Venise.

1 Patriarchat.
4 Archevêques.
31 Evêques.
1 Université à Padoue.

Hollande.

5 Universités et plusieurs sociétés littéraires, beaucoup de monastères catholiques des deux sexes.

SUISSE.

4 Evêques suffragans de l'archevêque de Besançon.
1 Université à Bâle.

PALATINAT DE BAVIÈRE.

Plusieurs Académies.
1 Archevêché.
4 Evêchés.
2 Universités.
1 Académie des Sciences.

SAXE.

1 Chapitre catholique.
3 Couvens de Filles.
3 Universités.
5 Colléges presbytériens.
1 Académie des Sciences.

HANOVRE.

750 Paroisses luthériennes.
14 Communautés.
1 Collégiale catholique.
1 Couvent et plusieurs autres églis.
L'Université de Gottingue.

WURTEMBERG.

Le Consistoire luthérien.
14 Prélatures ou Abbayes.
1 Université et plusieurs Colléges.

LANDGRAVIAT DE HESSE-CASSEL.

2 Universités.
1 Académie des Sciences.

On voit qu'il n'est pas question des hôpitaux et des fondations de charité dans ce tableau. Le mot de *Collége*, y est employé vaguement et dans un sens collectif. On sent bien, par exemple, qu'il y a plus de six colléges dans les Etats héréditaires d'Autriche, et que l'auteur a voulu désigner seulement des espèces d'Universités inférieures à celles qui portent ordinairement ce nom.

En faisant le dépouillement de l'ouvrage du père Helyot, nous avons trouvé le résultat suivant pour les chefs-lieux d'Hôpitaux en Europe.

Religieux de Saint-Antoine de Viennois.

	Chefs-lieux d'Hôpitaux.
En France	5
En Italie	4
En Allemagne	4
Religieux non réformés de cet ordre . .	»
Hôpitaux inconnus.	»

Chanoines réguliers de l'Hôpital de Roncevaux.

Roncevaux	1
Ortie	1
Plusieurs Hôpitaux dépendans incon.	»
	15

	Chefs-lieux d'Hôpitaux.
De l'autre part	15
Ordre du S. Esprit de Montpellier.	
Rome	2
Bergerac	1
Troye	1
Plusieurs inconnus	»
Religieux Porte-Croix.	
Monastères-Hôpitaux.	
En Italie	200
En France	7
En Allemagne	9
En Bohême	15
Chanoines et Chanoinesses de Saint-Jacques de l'Epée.	
En Espagne	20
Religieuses Hospitalières, ordre de Saint-Augustin.	
Hôtel-Dieu à Paris	1
Saint-Louis	1
Moulins	1
Frères de la Charité de S. Jean de Dieu.	
Espagne et Italie	18
France	24
	315

	Chefs-lieux d'Hôpitaux.
Ci-contre	315

Religieuses Hospitalières de la Charité de Notre-Dame.

France	12

Religieuses Hospitalières de Loches.

France	18
Italie	12

Religieuses Hospital. de l'ordre de Saint-Jean-de-Jérusalem en France.

Beaulieu	1
Sieux	1

Dames de la Charité, fondées par Saint Vincent de Paule.

France, Pologne et Pays-Bas	290
Dirigent de plus à Paris l'hôpital du Nom-de-Jésus, devenu l'Hôpital Général	1
Les deux maisons des Enfans-Trouvés.	2
Le séminaire vis-à-vis de Saint-Lazare.	
L'Hôtel des Invalides	1
Les Incurables	1
Les Petites-Maisons	1
	655

e...

De l'autre part 655

Filles Hospitalières de Sainte-Marthe en France.

Beaune 1
Châlons 1
Dijon 1
Langres 1
Plusieurs autres en Bourgogne incon.

Chanoinesses Hospitalières en France.

Sainte-Catherine, à Paris 1
Saint-Gervais, *ibid* 1

Filles-Dieu.

Paris, rue Saint-Denis 1
Orléans 1

Filles Hospitalières en France.

Beauvais 1
Noyon 1
Abbeville 1
Amiens 1
Pontoise 1
Cambrai 3
Menin 1

672

	Chefs-lieux d'Hôpitaux.
Ci-contre	672

Tiers-Ordre de S. François, les Bons-Sieux.

Armentières	1
Lille	1
Dunkerque	1
Bergue	1
Ypres	1

Sœurs Grises.

Chefs-lieux d'Hôpitaux	23

Brugelettes et Frères Infirmiers Minimes, en Espagne.

Burgos	1
Quadalaxara	1
Murcie, Nazara	1
Belmonte	1
Tolède	1
Talavera	1
Pampelune	1
Sarragosse	1
Valladolid	1
Medina	1
Del Campo	1
Lisbonne	2
Evora	1
Malines, en Flandre	1
	715

Chefs-lieux-d'Hôpitaux.

D'autre part	715

Filles Hospitalières de S. Thomas de Villeneuve, en France.

En Bretagne	13
A Paris	1

Filles de Saint-Joseph.

Vellay	1
Lyon	1
Grenoble	1
Embrun	1
Gap	1
Sisteron	1
Vivier	1
Uzès	1

Filles de Miramion.

Paris	3
Total des Hôpitaux dans les chefs-lieux d'Hôpitaux	740

Pour se convaincre qu'Hélyot ne parle ici que des chefs-lieux des hôpitaux desservis par les différens ordres monastiques, il suffit de remarquer qu'aucune capitale, excepté Paris, n'est nommée dans ce tableau, et qu'il y a telle métropole qui contient jusqu'à vingt et trente hospices. Ces maisons centrales des ordres hospitaliers ont étendu des branches autour d'elles, et ces branches ne sont indiquées dans la plupart des auteurs que par des etc.

Il est presque impossible de rien dire de certain sur le nombre des colléges en Europe, les auteurs en parlent à peine. On voit seulement que les religieux de Saint-Bazile en Espagne n'ont pas moins de quatre colléges par province; que toutes les congrégations bénédictines enseignoient, que les *provinces* des jésuites embrassoient toute l'Europe, que les Universités avoient des multitudes d'écoles et de colléges dépendans, etc., et quand, d'après les statistiques des divers temps, nous avons avancé que le christianisme enseignoit 300,000 élèves, nous sommes certainement restés au-dessous de la vérité.

C'est d'après le calcul suivant, tiré des diverses géographies, et en particulier de celle de Guthrie, que nous avons donné 3294 villes en Europe, en accordant à chacune de ces villes un hôpital.

	Villes.
Norwège	20
Danemark propre	31
Suède	75
	126

	Villes.
D'autre part	126
Russie d'Europe	83
Ecosse	103
Angleterre	552
Irlande	39
Espagne	208
Portugal	51
Piémont	37
République Italique	43
Etats Vénitiens et Duché de Parme.	23
République Ligurienne	15
République de	2
République de Saint-Marin	1
Toscane	22
Etats de l'Eglise	36
Royaume de Naples	60
Royaume de Sicile	17
Corse et autres Isles	21
France, en y compr. son nouv. territ.	960
Prusse	30
Pologne	40
Hongrie	67
Transylvanie	8
Gallicie	16
République Helvétique	91
Allemagne	643
	3294

Pour completter cet Ouvrage, je devrois donner ici le Catalogue des Auteurs cités, et l'*Errata* général. Quant au Catalogue, je n'ai encore de matériaux que pour les éditions que j'ai consultées en France. Les notes, assez considérables, de mes premiers dépouillemens sont restées dans l'étranger : j'espère les recouvrer un jour.

Quant à l'*Errata*, il ne seroit essentiel que pour le texte grec ; ou des réunions de mots, et des ligatures mal lues répandent quelqu'embarras. Les Hellénistes corrigeront aisément ces fautes, et le reste des lecteurs ne les appercevra pas. Cependant je dois avertir que dans le premier volume il y a une erreur de pagination ; de la page 274, on saute à la page 279 ; mais c'est une simple faute dans le nombre, qui n'altère point la lecture.

FIN.

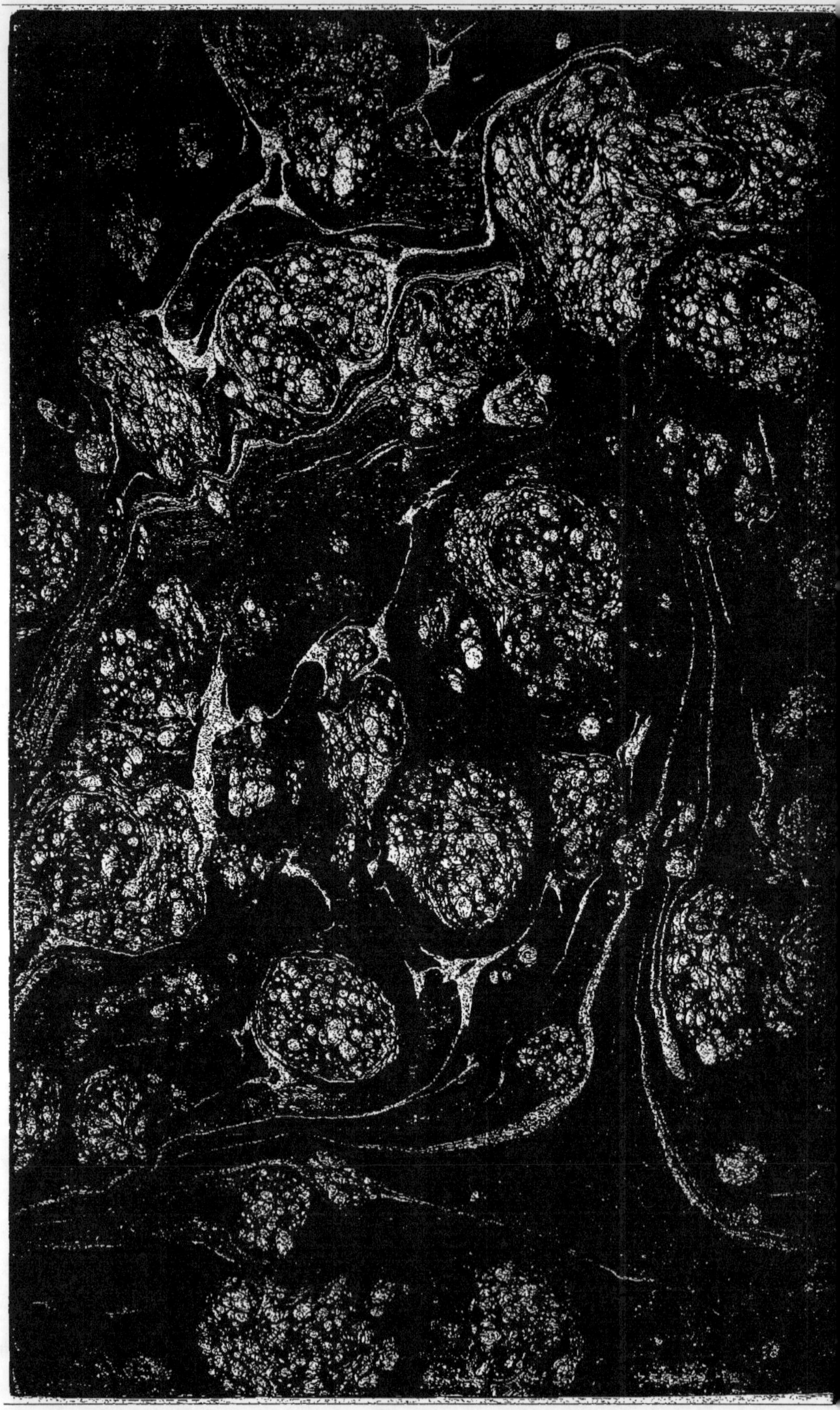

www.ingramcontent.com/pod-product-compliance
Lightning Source LLC
Chambersburg PA
CBHW051827020726
47502CB00005B/1672

* 9 7 8 2 0 1 1 3 3 4 9 6 1 *

llegado por el primer tren, fue inmediatamente introducido al saloncito en que se hallaba Ana María, y la enteró de las nuevas exigencias de Liberato.

—¡Ah! ¿Y quién ordenó que le diesen esos 200 pesos de que usted me habla? —inquirió colérica la viuda.

—La señorita que me los entregó cuando estuve aquí hace dos semanas, para que se los enviase, a fin de evitar nuevos incendios...

—¿Cómo nuevos incendios? ¿Ha incendiado algo?...

El mayordomo comprendió que desde su llegada estaba pisando en falso. Ahora lo veía todo perfectamente. A la señora le habían ocultado cuanto había ocurrido; el médico lo habría ordenado así, temiendo la excitación que pudieran causarle inadvertidas referencias.

—¡Oh! —dijo, procurando enmendar su indiscreción—. Logró incendiar un cañaveral... pero enseguida extinguimos el fuego... Nuestro temor era que volviese a pegar candela... ¡como eso es tan fácil de hacer!... y de ahí que la señorita ordena.

—¡Mal hecho, mal hecho; muy mal hecho! —repitió Ana María exaltada por la ira—. Nada se le ha debido dar, ni recibirá un solo centavo más aunque haga pavesas toda la finca. Lo que voy a hacer es publicar mañana mismo un anuncio en todos los periódicos, ofreciendo 1.000 pesos, 2.000 pesos, cualquier cantidad, al que muerto o vivo lo presente en el ingenio...

—Señora...

—No me diga usted nada, don Gumersindo, no me diga usted nada... ¡Un hombre como usted, dejarse intimidar por un mulato como ese!...

—Señora... es que...

—Bien, bien; en cuanto venga Malenita... Mire, vuelva por aquí esta tarde, que ya tendré dispuesto lo que ha de hacerse. Hasta mañana no volverá usted al ingenio...

Don Gumersindo saludó, y diciendo algunas palabras, excusándose por su actitud, la cual dijo obedecía al deseo de conservar las propiedades de la señora, se despidió hasta la tarde.

«Decididamente he perdido los estribos», decía, según se encaminaba al hotel, y continuó en una serie de cavilaciones que le persuadían de que había empeorado su causa, imaginando que su solicitud le adelantaría el triunfo.

Cuando, a cosa de las cuatro de la tarde llegó Malenita, la recibió su hermana con marcado desabrimiento. Y enterada aquélla de lo que motivaba el enojo de ésta, no pudo menos de exclamar:

—¡Qué bruto es don Gumersindo!

—No, no tienes por qué culparle... ¡Lo que sucede es que él y tú y todos le han cogido miedo al facineroso ese; y yo les voy a probar a todos que de mí no se burla nadie, y él menos que ninguno, el muy cachorro!... A ver, escríbeme un anuncio ofreciendo 1.000 pesos al que lo entregue vivo o muerto en la finca o donde quiera... Procura dar bien las señas de ese monstruo... ¡Oh, Dios mío! Me parece que la cabeza me ha crecido una pulgada...

Nada valieron las observaciones de Magdalena, ni las del doctor Alvarado, cuando más tarde hizo su visita profesional. El aviso se publicó en todos los periódicos de la localidad desde el día siguiente, debiendo continuar por espacio de un mes, si antes no se daba en tierra con el pregonado.